Franz Rieger

Schattenschweigen oder Hartheim

Roman

Franz Rieger

Schattenschweigen oder Hartheim

Roman

Styria

Dieses Werk wurde von der Jury des
»Wettbewerbs für Christliche Literatur 1984 / Roman«,
den der Verlag Styria und die Wochenzeitschrift Die Furche
ausgeschrieben haben, preisgekrönt.

CIP-Kurztitelaufnahme der Deutschen Bibliothek

Rieger, Franz:
Schattenschweigen oder Hartheim: Roman /
Franz Rieger. – Graz; Wien; Köln:
Verlag Styria, 1985.
ISBN 3-222-11641-5

Printed in Austria
Umschlaggestaltung: Zembsch' Werkstatt, München
Satz und Druck:
Druck- und Verlagshaus Styria, Graz
Bindung: Wiener Verlag, Himberg bei Wien
ISBN 3-222-11641-5

In der Welt habt ihr Angst;
aber seid getrost, ich habe die Welt
überwunden.

Joh 16,33

1

Valerie! – Die alte Frau rief den Namen mit der Betonung auf dem Zwielaut am Ende, Valerie! . . ., mit Abständen drei- bis viermal hintereinander. Es klang wie der Lockruf nach einem Tier, das entlaufen war oder zur Fütterung kommen sollte. Die alte Frau stand unter der Haustür, an einem Türpfosten, mit einer Hand stützte sie sich an den gegenüberliegenden Pfosten und schaute angestrengt in die Mulde hinunter, die, je mehr sie abfiel, breiter wurde und unten in einem flachen Graben ausging, den ein Bach durchfloß. Die Ufer waren mit Kopfweiden, Eschen und Erlen bestanden.

Die alte Frau schien nichts zu bemerken, denn sie beobachtete angestrengt weiter, geduldig oder daran gewöhnt, auf ihre Rufe keine Antwort zu erhalten, wendete viel Zeit auf, als sei das Ausschauen und Rufen nach einem Lebewesen, das Valerie hieß, eine notwendige Tätigkeit. Sie trat von einem Fuß auf den anderen, nahm die Hand vom Türpfosten, schaute wieder in die Mulde hinunter, nachdem ihr Blick abgeschweift war, und tastete Stück für Stück den Baumbestand am Bachufer ab. Dann hörte sie hinter dem Ruf her, der kaum in die Mulde zu dringen schien, und ließ den Blick auf einem Punkt ruhen; dort bewegte sich etwas. Der Kopf einer Frau tauchte aus dem spärlich hängenden Herbstlaub, sie hatte etwas in Händen, das sie, es über dem Boden vorstoßend, auf dem Boden zu sich heranzog, mit gleichmäßigen Bewegungen, während sie nach rückwärts ging. Sie rechte Laub. Die alte Frau unter der Tür schaute ihr eine Weile zu; sie wußte, daß die andere den Ruf gehört hatte, und auch, daß diese nicht darauf antworten würde. Es war wie ein abgemachtes Spiel, das sich oft wiederholt. Die eine wie die andere kannte den Ausgang. Sobald die alte Frau ins Haus zurücktrat, war sie gewiß, daß ihre Schwiegertochter der Aufforderung folgte und, den Rechen auf einer Schulter, die Mulde heraufkäme.

Die Schwiegertochter war etwa dreißigjährig, dunkel, von schwächlicher Konstitution und litt seit einem Jahr fallweise an Wahnvorstellungen. Der Arzt sagte Paranoia, und die Ärzte in der Klinik, in der sie ein paar Wochen zugebracht hatte, bestätigten die Krankheit, zwar als eine noch leichte Form, die aber konstant zu bleiben scheine, sagten sie, und, wie in allen diesen Fällen, unbeeinflußbar sei. Die Klinik hatte vom Hausarzt einen Bericht über die persönlichen Verhältnisse von Frau Valerie Doblauer, wie sie hieß, angefordert.

Der Hausarzt hatte sich in einem inneren Zwiespalt befunden; einerseits lebte man in einer Zeit, da ein Regime herrschte, das im Volk, um der Erhaltung und Gesundheit willen, keine solchen Menschen duldete, und auch, um der Vererbung vorzugreifen, sie ausmerzte, was der Hausarzt wußte und damit rechnete, andererseits regte sich in ihm Mitleid, weil er die Art, mit Menschen so zu verfahren, als Unrecht, ja als Verbrechen ansah, wieder aber wußte er, daß er diese Regung nicht merken lassen durfte, um sich nicht selbst zu gefährden. Somit verfaßte er den Bericht möglichst sachlich und kurz. Er erwähnte zwar die bestehenden familiären Verhältnisse, ging aber auf folgende Tatsachen nicht näher ein: Es seien vier Leute auf dem Hof, der klein sei und die Bewohner recht und schlecht ernähre. Valerie Doblauer sei die Frau des Hofbauern Andreas Doblauer, der an Lungentuberkulose leide, voll im Arbeitseinsatz stehe, sich aber schonen müsse; man habe ihn auch vom Militär zurückgestellt, ihn für nicht tauglich befunden. Die Eheleute hätten einen jetzt fünfjährigen Sohn, der vor dem Ausbruch der Krankheit von Valerie Doblauer geboren worden und ganz normal sei, sich von anderen Kindern nicht unterscheide. Dann lebe auf dem Hof noch die Mutter des Besitzers, Elisabeth Doblauer, die keine Gebrechen oder Krankheiten aufweise. Der Arzt hatte auch vermieden zu sagen, daß Andreas Doblauer ein Trinker und Spieler sei und nicht fein mit seiner Frau umgehe, daß Mutter und Sohn in einem gewissen Abhängigkeitsverhältnis stünden, was den Vater des Besitzers und Ehemann der Elisabeth Doblauer, Matthäus Doblauer, veranlaßt habe, Hof und Familie zu verlassen und auf dem Hof, auf dem er geboren und aufgewachsen sei und der seinem Bruder gehöre, wie ein Knecht zu leben und zu arbeiten. Außerdem sei nach dem Auszug des alten Bauern auch dessen Tochter, eine Schwester des Andreas Doblauer, Maria Doblauer, aus dem Haus gegangen und habe ihr uneheliches Kind, ein Mädchen, mitgenommen; sie arbeite irgendwo in der Stadt als Köchin.

Diese Einsichten verschwieg der Arzt, weil sie ihm für den Bericht an die Klinik nicht unbedingt notwendig erschienen und er annahm, daß, je mehr er ausführte, umso mehr Rückfragen kämen, deren Beantwortung er sich sparte, indem er sich unwissender gab, als er war. Er hatte nichts gegen die Leute, auch nicht gegen Andreas Doblauer, der schwer zugänglich war für ihn als Arzt; man sagte, er öffne sich nur seinesgleichen, insbesondere denen, die mit ihm im Wirtshaus spielten und tranken, während er daheim verschlossen blieb. Der Arzt hatte mit einem gewissen Bangen seinen Bericht unterzeichnet und abgeschickt; er wußte, wie mangelhaft er war und daß man ihn deshalb belangen konnte, nahm es aber auf sich im Hinblick, daß der Bericht in die Walze der Bürokratie komme, die träge war und langsam arbeitete und vielleicht seine Ausführungen, im Vergleich mit anderen, nicht einmal so mangelhaft empfand, wie er glaubte.

Während Elisabeth Doblauer sich aus der Tür ins Haus zurückzog, gewahrte sie vor dem spärlichen Laubbehang, wie die Schwiegertochter den Rechen auf die Schulter legte. Die alte Frau konnte es nicht unterlassen, unter die Tür zu treten und mit beiden Armen zu winken, was die andere unten, die, den Kopf erhoben, nun den Hang hochstieg, zwar sah, doch ohne Zeichen ließ. Der alten Frau war, als sehe ihr die junge ins Gesicht. Sie ging ins Haus.

Der Sohn saß schon am Tisch, an der anderen Seite der Enkel, der vor sich hinsprach und auf die Holzklötze und Hobelspäne schaute, die unweit auf dem Boden lagen und mit denen er gespielt hatte. – Wo sie so lange bleibe, sagte Andreas Doblauer. – Warum er das frage, sagte seine Mutter, da er es doch wisse. – Er dürfe doch noch etwas fragen. – Er wisse doch, daß sie auf den ersten Ruf nicht achte. – Was sie getan habe. – Im Bachgrund das Laub gerecht. – Dies sei noch zu früh. – Aber wenn sie es tun wolle, sei sie nicht aufzuhalten, und Zeit habe sie auch, sagte die alte Frau. – Es gäbe viel anderes zu tun, sagte der Sohn. – Die alte Frau schwieg, hantierte am Herd, es zischte über der Herdplatte, eine kleine Dampfwolke stieg auf, und in diesem Augenblick trat die junge Frau durch die Haustür. Der Schatten ging ihr voraus und streifte die offene Stubentür. Da trug die alte Frau die Suppenschüssel auf den Tisch, legte den Schöpfer hinein und sah ihrem Sohn streng ins Gesicht. Der schaute nicht auf, als seine Frau, nachdem sie die Hände in einem Wasserkübel abgespült hatte, zum Tisch trat und sich an ihren Platz, neben dem des Kindes, setzte. Die alte Frau und ihr Sohn wußten, daß sie ein ernstes und abwesendes Gesicht hatte. Nur der Fünfjährige sah sie an. Jetzt sprach er laut, deutete auf die Holzklötze und Späne auf dem Boden, und seine Mutter ging darauf ein, sah seiner Hand nach, ohne die Dinge auf dem Boden richtig zu betrachten, und nickte. Sie löffelten geräuschvoll die heiße Suppe. Die junge

Frau aß hastig, war als erste fertig, achtete auf das Kind, das immer wieder, anstatt zu löffeln, auf die Holzklötze und Späne sah, deren Zweck es, nach seinen Vorstellungen, an die Mutter gerichtet, zu erläutern versuchte, während sonst niemand seinen Äußerungen folgte, seine Mutter hin und wieder nickte, ja, ja sagte, was dem Kind, das nicht verwöhnt war, genügte. Die Mutter nahm den Löffel des Kleinen und gab ihm die Suppe ein. Der ließ es geschehen, rang weiter mit seinen Vorstellungen von Holzstücken und Spänen, die Worte erstickten teilweise hinter dem vollen Suppenlöffel, worauf sein Vater, der nun mit der Suppe fertig war, sagte, er solle still sein. Es traf seine Frau; sie zuckte zusammen, verschüttete ein wenig Suppe vom Löffel auf den Rand des Tellers. Die beiden Erwachsenen sahen ihr eine Weile zu, dann erhob sich die alte Frau auf den stummen, auffordernden Wink des Sohnes, ging zum Herd, nahm einen Topf von der Platte, legte die Ringe ein, der flackernde Schein fiel bis zum Tisch und auf den Rücken der jungen Frau und des Kindes. Die alte Frau trat zum Tisch und stellte eine große, eiserne Pfanne mit Mehlnocken in die Mitte. Der Mann schenkte sich Most aus dem Krug in ein Glas. Die junge Frau zerkleinerte Nocken auf dem Teller des Kindes. Dann aß sie selbst, wieder mit großer Hast und wenig, überwachte, als sie fertig war, das Kind, beachtete die anderen nicht, die ruhig und ohne Eile aßen; plötzlich rückte das Kind von seinem Teller weg, die Großmutter sagte, was auf dem Teller sei, müsse es essen, seine Mutter hielt ihm die volle Gabel hin und wartete geduldig, daß es der Aufforderung der Großmutter nachkomme.

Als der Mann fertig war, sah er zum ersten Mal auf, reinigte mit der Zunge den Raum zwischen Zähnen und Lippen, was seinen schwarzen, zu beiden Seiten der Mundwinkel herabhängenden Bart bewegte, sagte, indem er seine Frau ansah, daß sie das Laubrechen gehenlassen und ihm beim Klauben des Mostobstes helfen solle. Er sagte es in einem befehlenden Ton, der keinen Widerspruch duldete, der aber kam, als die junge Frau ruhig und bestimmt sagte, ohne auf den Ton des Mannes einzugehen, daß sie am Bachgrund rechen müsse, als handle sie nach einem unbekannten Auftrag, was den Mann auffahren ließ; es sei noch zu früh, sie solle es bleiben lassen. Er achtete nicht auf den strengen Blick, den ihm seine Mutter zuwarf. Die junge Frau benahm sich, als habe sie es zwar gehört, doch es betreffe sie nicht, steckte dem Kind die zerkleinerten Nocken in den Mund. Das Kind wandte sich ab und rutschte von der Bank.

Die junge Frau und das Kind hatten beide etwas gemeinsam: sie achteten wenig auf ihre Umgebung, benahmen sich, als gäbe es nur das, was sie dachten und ausführten, ohne Rücksicht auf die anderen; das Kind in seiner fordernden Art, etwas zu tun, was es einnahm, wobei der Umstand eine Rolle spielte, daß es sehr viel alleine war, die junge Frau aus dem Antrieb ihrer Krankheit, dem sie folgte.

Aus dem Haus tretend, nahm sie den an der Wand lehnenden Rechen auf, sah aber plötzlich den Mann vor sich, der ihr den Rechen entriß. Sie spürte die

Gewalt, mit der dies geschah, als Feindseligkeit, die so mächtig war, daß sie ihr nicht Angst, sondern Furcht einjagte, der sie trotzte; sie erhob eine Hand zur Abwehr, nicht um die Schläge aufzufangen, vielmehr um sie im Keim zu ersticken. Der Mann tat ihr nichts, schrie sie nur an, indem er ihr einen Korb in die Hand drückte, sie müsse mitkommen, alleine werde er nicht fertig. Die junge Frau nahm den Korb, schickte sich an, dem Mann zu folgen, als täte sie es freiwillig, und dann sah sie die alte Frau im Türrahmen, die etwas sagen wollte, doch dann nicht sagte, als sie sah, wie sich die junge Frau benahm; Valerie nickte ihr zu, ohne ihren gleichmütigen Gesichtsausdruck zu verlieren, und blickte sich um, weil sie die Stimme des Kindes hörte. Sie sah noch, wie die alte Frau das Kind ins Haus drängte.

Der Arzt kam, als die jungen Leute außer Haus waren. Er fuhr mit seinem alten klapprigen Steyr-Fiat den Hohlweg herauf, oben die Trasse über der Mulde entlang bis in den flachen Einschnitt, wo der Hof stand. Er konnte die jungen Leute nicht sehen, denn sie klaubten das Obst in einer Senke. Die beiden hörten das Auto, aber keines kümmerte sich darum. Der Arzt hielt vor dem Wohngebäude, stieg aus, gewärtig, daß jemand aus der Tür trete, ließ sich Zeit, es war ihm nicht angenehm, diesen Auftrag zu erledigen. Er hatte nur ein paar Fragen, und um diese Zeit hoffte er die alte Frau alleine anzutreffen. Diese blieb unter der Haustür stehen und wartete, bis der Arzt herankam und ihr die Hand gab. Da wurde der Enkel sichtbar, der hinter seiner Großmutter gestanden war.

Er habe nur ein paar Fragen, die zu stellen und schriftlich zu beantworten er verpflichtet sei. Sie wisse doch über ihre Schwiegertochter Bescheid, sagte der Arzt, während sie in die Stube gingen. Die alte Frau sagte nichts, und als der Arzt auf einem Stuhle saß und schwieg, begann das Kind, eingenommen von dem schweigsamen Mann, von seinem Spiel mit den Holzklötzen und Spänen zu erzählen. Der Arzt erfaßte sofort, welche Bedeutung die Dinge für das Kind hatten, nahm sie an und antwortete. Inzwischen hatte sich die alte Frau in der Küche ihrer Schürze entledigt und das Haar gekämmt. Sie kam in die Stube und fragte den Arzt, ob sie ihm ein Glas Most oder ein Stamperl Schnaps bringen dürfe. Der Arzt wehrte ab, er halte sich nicht lange auf. Woher ihre Schwiegertochter komme, aus welchem Ort, aus welcher Familie, und ob in dieser Familie früher oder gleichzeitig ein Fall dieser Krankheit aufgetreten sei. Er, der Arzt, müßte sich eigentlich an Ort und Stelle überzeugen, doch er vertraue ihr, sagte er zu der alten Frau, auch wolle er kein Aufsehen erregen. Die alte Frau sah ihn schweigend an und stellte, ehe sie antwortete, ihrerseits die Frage, ob es denn schlecht stehe um Valerie. Der Arzt zuckte mit der Schulter und sagte, sie wisse ja selbst, wie es heute in derlei Fällen stehe, und, er habe keine Verbindung und keinen Einfluß nach oben. Im Namen Gottes, sagte die alte Frau, der es recht mache, wie er es macht. Sie schwiegen eine Weile, nur das Kind sprach mit seinen Holzklötzen und Spänen. Danach sagte die alte Frau, daß ihr kein Fall in der Familie ihrer Schwiegertochter bekannt sei, weder von früher noch von jetzt. Das genüge, sagte der Arzt und betrachtete das Kind. Er fragte es, was die Holzklötze und Späne zu bedeuten hätten, es sah ihn ein wenig mißtrauisch an, antwortete aber, mit dem Finger auf die Einzelteile zeigend, das hier sei ein Hof und da die Ställe für das Vieh, sogar eine Kirche mit einem Turm gebe es, und die da, sagte das Kind und deutete auf die Späne, seien das Vieh, das es in die Ställe sperre, und die Leute, die in die Kirche gingen. Der Arzt sah dem Kind eine Weile zu und stand plötzlich auf. Es sei gut, sagte er zu der alten Frau, sie solle keine Angst haben, er könne leider nicht mehr sagen, da er nichts wisse. Die alte Frau ging bis zur Haustüre mit und sah dem Auto lange nach, das langsam und schaukelnd den Zufahrtsweg auf der Trasse entlangfuhr.

Der Arzt vermerkte auf einem Zusatzblatt in seiner Kartei zum Namen Valerie Doblauer, daß er ihr Kind, einen fünfjährigen Knaben, eingehend beobachtet und festgestellt habe, daß er normal sei, sich benehme wie jedes andere Kind, das viel alleine sei, sich eine eigene kindliche Welt aufbaue und sie mit Gestalten seiner Phantasie bevölkere, ja er stelle fest, daß die sprachliche Ausdrucksmöglichkeit des Kindes, das doch in der Einschicht aufwachse, weitab von anderen Kindern, eine umfassende sei, er habe sich darüber gewundert. Keine Spur eines anormalen Verhaltens. Er glaube, daß sich weder die Großmutter, noch weniger der Vater, aber die Mutter, also die Kranke, mit dem Kind beschäftige, was ihr vielleicht weniger Mühe und Anstrengung bedeute, als man annehmen möge, und eben darum bei dem Kinde, das die Mühelosigkeit übernehme, gut anschlage. Sollte er diese Beobachtung dem Bericht über Valerie Doblauer beifügen, hatte er gedacht, und den Gedanken wieder verworfen; es sähe wie eine Verteidigung aus und schieße über das Ziel eines kurzen Gutachtens hinaus. So beließ es der Arzt bei dem Bericht, der kurz auf die Fragen einging.

Die alte Frau sagte nichts über den Besuch des Arztes, als die beiden spät vom Mostobstklauben zurückkamen. Sie brachten den Leiterwagen mit, den eine Kuh zog und auf dem die vollen Säcke aufgereiht standen. Das Kind lief ihnen entgegen, umrundete Wagen und Kuh, ging hinter der Kuh her, die sein Vater am Halfter in den Stall führte, hörte, wie sein Vater zur Kuh sprach, sie mit der flachen Hand in die Flanke schlug und sagte, geh zur Seite. Das Kind hieß Andreas wie sein Vater. Andreas stand unter der Stalltür, sein Vater beachtete ihn nicht, er lief zum Wagen zurück und bemühte sich, hinaufzuklettern, und war bereits oben, da rief ihm die Großmutter zu, er solle herunterkommen, worauf er auf die Leiter stieg und zu Boden sprang. Er lachte. Sein Vater kam aus dem Stall, ging zum Wagen, sah die Großmutter unter der Tür und sagte, wo Valerie sei, sie solle ihm beim Abladen helfen. Die Großmutter antwortete, Valerie gehe den Hang zum Bach hinunter, sie habe gesagt, sie müsse die begonnene Arbeit fertigmachen. Der Vater stieß einen Fluch aus. Andreas stand neben der Großmutter, hörte den Vater fluchen und sah den Hang hinab und hinter seiner Mutter her. Der Vater schulterte einen Sack mit Obst und trug ihn zur Hauswand, an der die schwere, eichene Mostpresse stand, holte Sack um Sack und schimpfte auf die Mutter, die zu nichts zu brauchen sei und nur das tue, was sie gerade im Kopf habe, und, wenn er einen Sack abgestellt hatte, die Großmutter vorwurfsvoll ansah, die nun den Kopf schüttelte und sagte, er solle mit dem Schimpfen aufhören, es führe zu nichts. Er schwieg, während er zum Wagen zurückging. Andreas verstand nur die Hälfte von dem, was sein Vater sagte, merkte sich, daß er die Mutter einen Schwachkopf nannte und die Großmutter streng erwiderte, warum er das jetzt sagen müsse, neben dem Kind. Der Vater hörte nicht zu schimpfen auf, die Großmutter ging ein paar Schritte vor die Haustür, legte die Hände an den Mund und rief den Namen der Mutter, Andreas sah auf die Hände zu beiden Seiten des Mundes und schaute seiner Mutter zu, die in gleichmäßigen Abständen mit dem Rechen über dem Boden ausholte und ihn mit langen Strichen auf dem Boden zu sich heranzog. Die Großmutter rief, bis ihr die Stimme versagte, der Name Valerie plötzlich in ihrem Munde brach und sie die Hände sinken ließ. Sie solle zu rufen aufhören, sagte der Vater, er werde die Mutter holen und mit Gewalt heraufbringen. Doch er machte keine Anstalten, die Drohung wahrzumachen, schulterte die Säcke, trug sie zur Hauswand, wo er sie nebeneinander abstellte. Andreas sah ihm zu, hörte die Großmutter sagen, um die schweren Säcke zu tragen, sei sie doch zu schwach, worauf der Vater schwieg. Andreas bekam plötzlich Angst, er wollte nicht hierbleiben, dem Vater zusehen und zuhören, er wollte zu seiner Mutter und früher unten sein als der Vater. Langsam ging er von der Großmutter weg, begann zu laufen, immer schneller den Hang hinunter, die Augen auf die Mutter gerichtet, hörte hinter sich den schwachen Ruf der Großmutter, lief weiter, stolperte beinahe, schaute auf die Mutter, die immer größer und deutlicher wurde, bis er bei ihr war und heftig atmend stehenblieb. Seine Mutter hatte den Rechen an die Schulter gelehnt und sagte nichts, sah ihn nur an.

I

Warum läßt Gott das zu? Ich denke die Frage, sage sie laut vor mich hin, ein-, zweimal oder öfter, die Frage reizt mich, sie laut auszusprechen und zu wiederholen, wie den Frevler, der, wenn er einmal zu freveln begonnen hat, nicht mehr aufhören kann. Ich gehe die Kirchturmstiegen hinab, bleibe hin und wieder auf einem Absatz stehen, um zu lauschen oder an einer der wenigen Turmluken zwischen den Jalousien hinauszuspähen, gehe weiter, eine Hand am Holzgeländer, und vermeide die laut knarrenden Stufen; eigentlich knarrt jede Stiege, doch nicht gleich stark, und die laut knarrenden Stufen kenne ich, außerdem trage ich zu meinen Gängen auf den Turm alte Schuhe mit einer weichen Sohle.

Ich bin seit siebenundzwanzig Jahren Pfarrer in dieser Gemeinde, habe verschiedene Gewohnheiten angenommen, um die sich niemand kümmert, und eine außerordentliche Gewohnheit ist, außerhalb der Zeit der Gottesdienste durch die Tür der Seitenkapelle in die Kirche zu treten. Ich versichere mich, daß sich niemand im Kirchenraum befindet, sperre die Tür hinter mir ab, gehe durch das Mittelschiff zum Hochaltar, sehe mich um, ob alles in Ordnung ist, betrete auch die Sakristei, tue alles nur, um Zeit zu gewinnen und mich vom eigentlichen Plan abzulenken, dem ich aber dann folge, ein wenig an Sicherheit verliere, in den Turm gehe, stehenbleibe und lausche, ehe ich die Holzstiegen hinaufsteige.

Das hat mit meinen Aufgaben als Pfarrer, die jedermann bekannt sind, nichts zu tun, ich mache es auf eigene Faust. Nachdem ich diese frevelnden Worte dachte und laut vor mich hinsagte, überfällt mich ein Schrecken, dem ich aber nicht nur nicht nachgebe, sondern ihm trotze, so, als sei ich zu der Frage berechtigt, weil sie das Mitleid oder, besser gesagt, den Gedanken an das Leiden von Menschen aufwirft, an dem teilzuhaben, wenn auch nur indirekt, ich als Pfarrer dieser Gemeinde gezwungen bin. Doch nach und nach wird der Trotz von dem Gedanken an Gottes unerforschlichen Ratschluß aufgeweicht, ich bleibe zerknirscht im Turmhaus stehen, entschließe mich, wieder durchs Kirchenschiff nach vorne zu gehen, langsam, als näherte ich mich einer Gerichtsschranke. Vor den Stufen des Hochaltars bin ich versucht, mich hinzuknien, um Abbitte für das frevelnde Wort zu leisten, zögere, tue es doch, in Hinblick auf meine Erregung und Empörung über den Mitmenschen, mit ein paar kurzen, aber noch immer nicht vom Trotz freien Worten und lasse sie in das Gebet übergehen, wozu ich mich hinknie.

Meine Gemeinde umfaßt das Dorf, zerstreute Höfe, Weiler und kleine Ortschaften, aber sie ist keine Diaspora, wie die Gemeinde meines evangelischen Amtsbruders, die in der Minderheit ist und mit kleinen Sprengeln meine Gemeinde durchsetzt. Wir kommen gut aus, Pastor Wohlschläger und ich, wir haben manches gemeinsam, vor allem eine zeitlose Grundhaltung; was den Glauben in der heutigen Zeit an sich betrifft, darüber reden wir nicht, doch wir tragen die Situation mit uns herum, kommen aber selten zusammen, und wenn, dann mehr zufällig (was wohl in unserer beider Absicht liegt) bei ländlichen Veranstaltungen, die freilich immer spärlicher geworden sind und wenig oder gar keinen kirchlichen Charakter aufweisen. Ich trage mich mit dem Gedanken, ihn aufzusuchen, sehr unauffällig, in seinem Pfarrhaus, das ich zu Fuß auf der Landstraße erreiche, um mit ihm unter vier Augen zu reden. Wieder zaudere ich, trete von dem Vorhaben zurück, das mich bedenklich stimmt, überlege, wer weiß, wie du mit deinem außerordentlichen Anliegen ankommst. So schiebe ich das Vorhaben vor mir her, denke an Amtsbrüder meiner Kirche, prüfe im Geiste den und jenen, es mahnt mich die Vorsicht, vielleicht ist es Feigheit, mich zu bekennen, in diesem Fall feige sein heißt soviel wie gegen den Menschen sein. Was ich weiß und zu sehen bekomme, wissen und sehen auch andere, ich nehme es an, und daß niemand etwas dagegen sagt und tut, läßt einen fast verzweifeln. Ich sehe keinen Ausweg und bin allein. Es steht mir frei zu denken, was geht es dich an, mach die Augen zu wie die anderen, du hast deine Pflichten als Pfarrer, die sich nach althergebrachten Regeln vollziehen, und das andere, Außer-

gewöhnliche, in diesem Fall Entsetzliche, hat nichts damit zu tun, liegt außerhalb deines Aufgabenbereiches. Das kann ich mir vorsagen, sooft ich will, es ist die Wahrheit, doch sie hat nichts mit der Wirklichkeit zu tun. Warum gerade in meinem Pfarrbereich und in meiner Amtszeit, noch dazu in meinen letzten Jahren?

Ich gehe regelmäßig den Kirchturm hinauf und halte es geheim. Die Kirche befindet sich in der Mitte des Dorfes und steht erhöht, man muß vom Ortskern eine Steintreppe hochsteigen, die zum Friedhof führt, der um die Kirche angelegt ist, der Pfarrhof steht jenseits der Friedhofsmauer. Wenn ich mir das Dorf als Mittelpunkt denke, ist es in eine weite Ebene eingebettet, die im Norden vom Lauf des Stromes und im Süden von einer steil ansteigenden Hügelkette begrenzt wird. Zwischen dieser und dem Dorf, von hier aus in Richtung Südosten, wie aus dem Boden gewachsen, liegt das Schloß, dessen Existenz durch Gewöhnung bisher jedermann gleichgültig war und gerade deshalb ein Beispiel ist, wie sehr Gewöhnung abstumpft: bereits Ende des vorigen Jahrhunderts wurde es als Anstalt für Geisteskranke adaptiert. Durch seine Lage, alleinstehend in der Ebene, ausgesetzt den vier Himmelsrichtungen, umgeben von Wiesen und Feldern, und an der Südseite, vom Dorf aus nicht sichtbar, vom hakenförmigen Anbau des Meierhofes, mutet es, bar jeden Schutzes, wie das Schloß des Zauberers an. Der Vierkantbau mit achteckigen Ecktürmen und einem Uhrturm über dem Westtrakt wurde als Renaissanceschloß auf den Trümmern des Turmes der Hartheimer aufgeführt, streitbarer Brüder, nach denen der Turm, noch zweimal veräußert, vom letzten Besitzer aus dem Geschlecht der Aspan von Hag, den Schloßerbauern, abgetragen wurde. Die wenigen bekannten Fakten verführen, sie festzuhalten: Die Hager befestigten den Bestimmungen des Landrechtes zuwider den Turm, wogegen der Herr des Landgerichts den Fehdehandschuh warf. Es ist wie bei allen historischen Fakten: sie halten nur die Schale fest, während der Kern verfault ist; ihn zu rekonstruieren bleibt der Phantasie überlassen; und man stößt bald auf die Frage: was bedeutet (auch heute) das Elend der Untertanen gegenüber den Ansprüchen der Mächtigen? Das Schloß hat einen mehrstöckigen Arkaden-Innenhof, ist ohne Befestigungswerke, und blieb es zur Zeit der Bauernkriege nach außen verschont, Aufenthalt und Sammelstelle der Gefolgsleute des Statthalters und der verbündeten Bayern, so beraubten es die letzten gräflichen Besitzer, die ihren Wohnsitz in das neuerbaute Schloß in der nahen Stadt verlegt hatten, seiner gesamten Einrichtung, ließen es leer stehen und übergaben es am Ende des vergangenen Jahrhunderts einem Wohltätigkeitsverein.

Als junger Kooperator erlebte ich den Alltag des Schlosses mit, einbezogen durch meinen Vorgesetzten, den Pfarrer, an den der Wohltätigkeitsverein herangetreten war, die Kranken zu betreuen; aus gesundheitlichen Gründen übertrug der Pfarrer bald mir die Betreuung. Später kam, es wurde nicht gesagt warum, ein eigens dafür geschulter Amtsbruder aus der Landeshauptstadt. Er hatte Erfahrung im Umgang mit solchen Kranken, das kann ich nicht leugnen, auch viele Vorsätze und neue Theorien, über die er mir berichtete, als er mich ablöste, aber ich blieb skeptisch den Theorien gegenüber und zweifelte, daß er es dadurch besser machen könnte, als ich es gemacht hatte; und ich dürfte recht behalten haben; es dauerte nicht lange, da mied er mich, ging mir aus dem Weg, und ich hatte den Eindruck, sein Eifer habe nachgelassen. Ich kam nicht mehr ins Schloß, die Leute trugen mir zu, was sie meinten, es interessiere mich, und ich nahm es an; im großen und ganzen lauteten diese Nachrichten: Die Kranken kämen aus allen Bezirken des Landes, ebenso das Pflegepersonal, und das wäre verschieden in Eignung und Benehmen; man könne seine Wunder erleben. Man hatte sich aber an die Insassen des Schlosses gewöhnt, an den Anblick der Kranken, wenn sie zum Beispiel in aufgelösten Zügen, begleitet von Pflegern, durchs Dorf gingen, bis der politische Umbruch Staats- und Gesellschaftsgefüge veränderte, das eine mit Gewalt, das andere mit Zwang, und Freund und Feind schuf, deren Kontroversen nicht mehr ausgetragen wurden, sondern gärend unter der Oberfläche blieben. Persönlicher Groll und Kriecherei schufen Denunzianten und viel Unrecht. Das Schloß erfuhr eine generelle Veränderung; am sichtbarsten durch die Einlieferung politisch Andersdenkender und rassisch Verfolgter, die nun mit den Geisteskranken unter einem Dach lebten und mit ihnen unter die Devise des unwerten Lebens und der Volksschädlinge fielen. Man sieht manche von ihnen in den Gärten um das Schloß arbeiten oder auf den weiter abliegenden Feldern bauen, säen und ernten, unter Anleitung des Wachpersonals, das auch neu hier ist. Man zieht Gemüse, Feldfrüchte und erntet Obst, Fleisch und Brot liefern umliegende Betriebe, es wurde eine einheitliche Bekleidung für Häftlinge geschaffen, im Winter tragen sie Mäntel in beliebiger Art und Farbe. Die Bewacher sind Uniformierte. Der Zugang zum Schloß wurde für Unbefugte gesperrt, Tafeln künden es, das Wachpersonal patrouilliert mit Hunden um das Schloß und in der Umgebung.

Nach diesem Umbruch rückte das Schloß in den Mittelpunkt des Dorfes, der aber als solcher nicht erkannt wurde, ich möchte sagen, unbeansprucht blieb; auf diese Art nahm es eine heimliche Wirklichkeit an, von der man ausgeschlossen war. Es bildeten sich Meinungen und Zweifel, alles im stillen, und man hatte bald heraus, worüber geredet werden durfte und was zu verschweigen war.

Das hatte zur Folge, daß die Gleichgültigen die Funktion des Schlosses verdrängten, die Regimetreuen sie leugneten oder weltanschaulich für sich vereinnahmten, Neugierige und Andersdenkende dafür sorgten, daß es unter ständiger Beobachtung blieb. Heute weiß ich viel zu viel, nicht nur, weil die Neugierigen nichts für sich behalten und die Andersdenkenden hin und wieder die Wahrheit aussprechen, sondern auch, weil das Schweigen als ein Bestandteil unseres Daseins lebt und lauter ist als jedes laut ausgesprochene Wort: man tötet die Verfolgten und Kranken. Wegen dieses Tatbestands sieht und hört man nicht gern die Tatsachen, weist zurück, was auf der Hand liegt, schweigt, weil das Reden unangenehm ist oder weil man Angst davor hat. Worüber nicht geredet wird, das existiert nicht, meint man, das Unglaubliche klingt in der Folgerung noch unglaublicher, daß nämlich diese Menschen vergast und die Leichen verbrannt werden.

Ich weiß es, kenne keine Einzelheiten, nur das Geschehen am Rande, und steige auf den Kirchturm, um mich davon zu überzeugen. Am Anfang glaubte ich es nicht. Es dauerte eine Zeitlang, bis ich auf den Gedanken kam, mir ein Zeichen von diesem Geschehen zu verschaffen. Da die Umgebung des Schlosses nicht verbaut ist, kein Baum in der näheren Umgebung steht, die nächsten Häuser eine abseits vorbeiführende Straße säumen, kann man sich nicht ungeschützt nähern; man käme sofort ins Blickfeld der Wächter. Der beste Beobachtungsposten für mich, hatte ich gedacht, ist der Kirchturm, die Weitsicht und Ungestörtheit, dorthin kann ich ohne Aufsehen gelangen unter dem Vorwand, ins Gotteshaus zu gehen, etwas zu erledigen oder einfach zu beten. Ich habe nur zu beachten, daß sich weder der Mesner und seine Frau noch ein Gläubiger in der Kirche befinden. Wenn der Mesner vor einem Sonn- und Feiertag dort den Altar schmückt, in der Sakristei für den Gottesdienst vorbereitet oder seine Frau die Böden reinigt, dann meide ich die Kirche oder gehe kurz hinein, damit man nicht sagen kann, ich suchte die Kirche nur auf, wenn niemand drinnen sei, rede mit den Leuten, mache sie auf selbstverständliche Verrichtungen aufmerksam, nur um zu bestätigen, daß mir daran liegt, was sie nicht ungern hören, um sich auf mich zu berufen, wenn etwas mißlingt. Ich trete durch die Tür der Seitenkapelle ein und durch eine andere Tür ins Freie, nicht ohne auf den Stufen des Hochaltars ein kurzes Gebet verrichtet zu haben, einerseits aus innerem Bedürfnis, andererseits, um meine einsamen Besuche im Gotteshaus zu rechtfertigen.

Doch je mehr ich dieser Gewohnheit nachgehe und mein Leben danach ausrichte, umso heftiger werden die Fragen meines Gewissens: warum gibst du dich dem Zwange hin, mit Eifer das Unrecht und die Sünde aufzuspüren, ihre Erscheinungen zu beobachten, und unternimmst nichts dagegen? Das lastet auf mir, ich fühle meine Ohnmacht und Einsamkeit im Gebet für die Menschen dort im Schloß, die Schuldigen und Unschuldigen, bitte um Verzeihung für das, was ich tue und unterlasse. An manchen Tagen bin ich ganz zerknirscht, werfe mich vor den Altar hin, stammle die unmöglichsten Worte, erwache nachts, mache Licht, stehe auf, kleide mich an und versuche, im Kirchenbuch Eintragungen zu prüfen und nachzuholen, Urkunden auszustellen oder in dem Buch, das ich angelegt habe und verborgen halte, zu schreiben, was mir oft kaum gelingt, mich oft ein wenig ablenkt oder erleichtert. Ich sitze da, starre ins schwache Licht der Lampe oder schaue auf Bücher und Urkunden vor mir, denke ruhig, daß die amtliche Schreibtischarbeit zu meinen Aufgaben gehört, die Menschen werden geboren, getauft, getraut und sterben, ich bin Pfarrer, wie meine Vorgänger es waren, sie taten ihre Pflicht, und niemand erwartet von mir, daß ich informiert bin, was im Schloß geschieht, es eindeutig und klar als Unrecht hinstelle, wogegen ich und eigentlich niemand einschreiten, es nicht einmal anprangern kann, will man sich nicht gefährden und, es liegt nahe, auf ähnliche Art ums Leben kommen. Oft wird der Gedanke in mir wach, ich müßte es tun, müßte hingehen, aufdecken und anklagen; doch vor wen soll ich hintreten, wo gibt es das Gericht, das meine Anklage aufnimmt, den Mördern den Prozeß macht und sie aburteilt, wie es sozusagen gerecht wäre. Ich müßte auf das Gericht verzichten, es den Mördern ins Gesicht schreien, sie auf der Kanzel herausfordern. Sie würden es sich leichtmachen, mich abführen und – nur mir selbst wäre gedient, meiner aussichtslosen Sache. Auf diesen Umstand mich einzustellen, nehme ich mir vor, brauche ich eine unbeschränkte Zeit, während der ich mich zum Protokollanten mache; vielleicht diene ich der Angelegenheit mit meinen Aufzeichnungen, die gegen die Täter und für die Wahrheit sprechen. Sie bleiben mir als Bestätigung und Argument – niemand weiß, was noch geschieht –; wenn man mich auf einem meiner Gänge auf den Kirchturm erwischt, könnte man sich meiner Augenzeugenschaft entledigen. So gesehen gehe ich mit dem Gefühl für Zeugenschaft auf den Turm, Notizblock und Bleistift im Talar oder Mantel verborgen, führe Buch, notiere kurz, was ich sehe, gehe in den Pfarrhof zurück, führe die Notizen aus, indem ich sie als Text säuberlich in ein Buch schreibe, das ich im Schrank, unter alten Kirchenbüchern, verwahre. Den Schrank sperre ich nicht ab, um keinen Verdacht zu erregen, bin nur bedacht, das

Buch, das aussieht wie eines der Kirchenbücher, nicht liegen zu lassen. Den Notizblock trage ich immer bei mir. Sein Einband ist sehr mitgenommen.

Somit trage ich etwas Auffälliges unauffällig bei mir, wenn ich auf den Turm steige; ich werte es als Herausforderung, die mich anspornt. Anfangs tat ich es unregelmäßig, hin und wieder zeigt mir der Rauchgeruch an, der bei entsprechender Windlage im Dorf steht, daß im Schloß verbrannt wird. Vom Turm aus kann ich die Rauchfahne ungestört beobachten. Eine schwefelgelbe Säule, dick und schubartig, die kerzengerade gegen den Himmel steigt, wie aus dem Schornstein einer Lokomotive, und sich in einer gewissen Höhe auflöst, während immer neue Schwaden nachdrängen, die, wenn der Wind weht und etwa von Nordosten kommt, über das Dorf ziehen. Riecht denn das niemand hier, dachte ich anfangs, ein Geruch nach verbranntem Fleisch, nicht sehr eindringlich, doch für eine gute Nase unverwechselbar. Ich notierte es im Block, der auf dem Schreibtisch lag. Und so stoße ich beim Blättern in dem Notizblock immer wieder auf den Satz: Heute verbrennt man wieder, Datum, Uhrzeit, und in Klammer, der Wind trägt den Rauch ins Dorf. Die paar Worte genügen für die Tatsache, die wahr ist, was brutal klingt, aber die Wahrheit ist es auch, für sie gibt es kein anderes Wort. Dazu kommt die Gewißheit, daß die meisten Mitbürger leugneten, wenn man ihnen die Frage danach stellte; die einen, weil sie es nicht für möglich hielten, die anderen, weil sie es sich nicht eingestehen würden. Ich schließe das Fenster, wenn ich den Rauch rieche, setze mich an den Schreibtisch, versuche einen Gedanken zu fassen, der mir eine Erklärung gibt, oder ich beginne mechanisch zu beten, weil ich weiß, daß ich die Erklärung nicht finde.

Will ich den Kirchturm hinaufsteigen, muß ich durch den Friedhof, wo zur wärmeren Jahreszeit sich Leute aufhalten, die an den Gräbern arbeiten. Ich kenne sie alle. Sie grüßen mich, und wir reden miteinander. Manche übersehen mich, auch die kenne ich gut. Die mit mir reden sind freundlich, während ich denke, eigentlich heuchelst du, redest Belangloses und verbirgst hinter wohlwollender Miene den Gedanken an das Schloß, und zwar so perfekt, daß es aussieht, als existiere er nicht oder gehe dich nichts an. Ruhig sperre ich die Tür zur Seitenkapelle auf und hinter mir wieder ab, und auch das erscheint mir eine provozierende Handlung; ein Pfarrer, der seine Kirche betritt, kann doch keine Geheimnisse vor dem haben, der auch eintreten will. Betroffen bleibe ich stehen, lausche, gehe im Kirchenschiff nach vorne, sehe mich am Hochaltar um, richte einiges, alles nur Gesten der Verzögerung, des schlechten Gewissens, gehe ins Turmhaus und die Stufen der Stiege hinauf. Ich kenne jede Stufe, übersteige laut knarrende, nehme die Hand vom Geländer, wo es locker ist, schaue immer auf dieselben schadhaften Stellen an den Mauern. Die Holzjalousien über den Fensterluken sind halb geöffnet. Vorsichtig spähe ich hinaus. Oft zähle ich die Stufen, obwohl ich die Anzahl kenne, nur um meine aufgewühlten Gedanken auf etwas Festes zu richten. Auf jedem der sechs Stiegenabsätze bleibe ich stehen, höre die Turmuhr ticken, das Rasseln der Zahnräder, wenn sie zum Schlag ansetzt. Die Geräusche von draußen werden schwächer, vermischen sich, meine Tritte sind lauter geworden, und ich dämpfe sie. In der Glockenstube angelangt, trete ich vor die letzte und große Luke, die nach Süden schaut und durch die ich das Schloß beobachten kann. Die Jalousien habe ich an dieser Luke stärker angehoben. Über die durch die Lamellen getrennten Spalten hinaus, im Licht der Landschaft, kann ich die ganze Umgebung sehen, die Zufahrtsstraßen und Wege, die unter den steilen Mauern angelegten Gärten, die weiter abliegenden Felder.

2

Andreas Doblauer verließ das Wirtshaus und machte sich auf den Heimweg. Er befand sich bereits außerhalb der Gemeinschaft der Spieler um den Tisch, an dem er wöchentlich zweimal saß, als er aufstand und die Absicht äußerte, heimzugehen. Niemand versuchte ihn aufzuhalten, man spielte weiter, er grüßte, und einige gaben ihm Antwort, ohne aufzusehen. Er hörte sie noch Kartenschlagen und reden, als er die Haustür hinter sich schloß, tauchte in den Nebel, der so dicht war, daß er rundherum nichts als die Mauer des Hauses erkennen konnte, trat auf die Straße und ging weiter, mußte aber stehenbleiben, um sich der Richtung zu vergewissern. Im Weitergehen orientierte er sich an Haus- und Scheunenwänden, die ihm bekannt waren, wenn sie plötzlich aus dem Nebel tauchten, der Zweifel an der Richtung schwand endgültig, sobald er den Fahrweg erreichte, in den er einbog. Dieser ging später in den Hohlweg über.

Im Nebel waren sogar die großen Obstbäume, die er kannte, seltsam verfremdet. Er begegnete niemand. Die Bewohner der Ortschaft schliefen, und wenn einer der Spieler im Wirtshaus gleich nach ihm aufgebrochen war, ging er, wie die meisten, in eine andere Richtung. Früher, und die Erinnerung war ihm unangenehm, mußte er gewärtig sein, auf seine Frau zu stoßen, die ihm mitten in der Nacht entgegengekommen war. Einmal drang sie bis in die Wirtsstube vor, Andreas bemerkte sie, als die anderen schwiegen und zur Tür starrten, ein andermal wartete sie vor dem Wirtshaus auf ihn, und sie gingen wortlos hintereinander her, nachdem sie bei einem vorangegangenen Zusammentreffen im Hohlweg, den sie herabgekommen war, in Streit gerieten. Eigentlich war es nur ein heftiger, wilder Ausfall seinerseits, während sie nichts sagte, wodurch er noch heftiger wurde. Er sagte ein schreckliches Wort, womit er sie treffen wollte, nämlich: verrückt, er lasse sich von einer Verrückten nichts befehlen, und erschrak nachher, doch da es gesagt war, geriet er noch mehr in Wut. Er ging im Hohlweg voraus, hörte sie hinter sich gehen und atmen, da er sehr rasch ging, doch sonst keinen Laut, kein Wort, keine Entgegnung, was ihn reizte, immer mehr zu sagen, rannte wild die Anhöhe hinauf, stolperte und fluchte. Es war ihm, als jage sie ihn vor sich her, lasse nicht locker, treibe ihn zum Haus und hinein, wo er im schwachen Licht, das jemand hatte brennen lassen, erkannte, daß er sich alles eingebildet hatte; ihr Gesicht war ausdruckslos, worüber er fast erschrak. Unter dem Eindruck, sein Geschimpfe sei über dieses Gesicht gelaufen wie Wasser über den Stein, fiel er in sich zusammen, hockte eine Zeitlang auf einer Bank, schwieg und ging dann, beinahe leise, in seine Kammer.

Nun sprach er während des Gehens laut vor sich hin, das dürre, steife Gras raschelte unter seinen Füßen, er sah ihr Gesicht, wie er es damals im schwachen Licht gesehen hatte, ohne einen Ausdruck, der ihm vertraut gewesen wäre, vielleicht war es Ruhe oder Gleichgültigkeit, sagte er sich jetzt, vielleicht Verachtung, oder es war etwas, das er sich nicht erklären konnte. Damals fragte seine Mutter, ob man Valerie im Wirtshaus gesehen hätte, und er sagte nein, sie sei nicht so weit gekommen. Die Mutter sagte nichts, ging ihrer Arbeit nach, aber da er am Tisch saß und sie immer wieder von der Küche in die Stube kam und ihn sitzen sah, fragte sie, was Valerie gesagt habe. Er sagte, sie habe nichts gesagt. Dafür habe er umso mehr gesagt, entgegnete die Mutter. Er brummte etwas und stand auf. Solange er noch in der Stube war, mußte sie es ihm sagen: Er könnte etwas rücksichtsvoller mit ihr umgehen. Er stand auf und machte ein paar Schritte auf die Tür zu. Es stehe nicht gut um sie, fuhr die Mutter fort, der Arzt sei hier gewesen. – Jetzt bekomme sie es mit der Angst zu tun, sagte er, es sei aber zu spät. Es war eine Weile still, dann hörte sie das Öffnen der Tür. Sie sah ihn nicht an. Er sei ein Scheusal, sagte sie, ein Tier. Er schlug die Tür hinter sich zu. Sie starrte auf die geschlossene Tür, und der Gedanke peinigte sie: sie hatte immer seinem Willen nachgegeben, war ihm zur Seite gestanden gegen den Vater und die Schwester, und nun war es zu spät, ja, er hatte recht, es war in allem zu spät.

Er ging durch eine dunkle Nacht, der Nebel fraß sich durch seinen Anzug, er hätte den Mantel anziehen sollen. Ja, die Mutter hatte Angst um Valerie, auch um den Enkel. Das war neu und ungewohnt an ihr. Es sah aus, als habe sie auch um ihn Angst, seitdem es um Valerie schlecht stand, wie sie sagte, und das machte die Sache nicht besser. Sie hatte Valerie nie recht gemocht, die junge Frau nur geduldet, obwohl sie ihn, den Sohn, veranlaßt hatte, sich eine Frau zu nehmen, sie hatte Valerie sogar beschuldigt, daß sie gemeinsame Sache mit dem Vater und der Schwester mache, war allein zu ihm gestanden, und sie hatten zu zweit die Sache durchgefochten, bis der Vater und Maria, die Schwester mit dem Kind, den Hof verlassen hatten. Von da an, sagte er sich jetzt, habe die Mutter kein gutes Gewissen mehr gehabt, es nur nicht gezeigt, ihm gegenüber auch betont, daß sie für recht und billig halte, was er tue, ein Gerede, das ihm nach und nach unliebsam geworden war. Auch wegen seines immer gröber werdenden Benehmens seiner Frau gegenüber sagte sie nichts, bis Valerie Anzeichen einer gewissen Verwirrung zeigte, sich von ihm zurückzog und tat, was sie tun wollte, ohne Rücksicht auf ihn. Ihm war sie immer fremder geworden, und seine Mutter, das merkte er bald, näherte sich ihr, als habe sie entdeckt, daß Valerie sie brauche, obwohl diese die Fürsorge, die ihr die Mutter entgegenbrachte, kaum auf sich bezog. Und seit die politischen Verhältnisse sich zugespitzt und den Regimewechsel im Land eingeleitet hatten, veränderte sich die Mutter ganz plötzlich; sie nahm Valerie jedermann gegenüber in Schutz, wies darauf hin, wo überall in der Umgebung eine Person eines Gebrechens, einer unheilbaren Krankheit des Geistes wegen von zu Hause weggeholt worden sei; sie kämen ins Schloß und nie wieder heraus, sagte sie. Wer das gesagt habe, fragte er seine Mutter. Sie schwieg und zuckte die Schulter, wandte sich nach einer Weile um, sah ihm fest ins Gesicht und sagte, er werde doch nicht seine Mutter anzeigen, weil sie die Wahrheit sage. Sie betrachtete ihn aufmerksam aus ihren dunklen, stechenden Augen; er solle das ihr überlassen, sie werde aufpassen, Valerie dürfe nicht mehr unter die Leute und wenn, dann nur in ihrer Gegenwart und unter ihrer Aufsicht, er solle von allem, was sie dabei tue, die Hände lassen, das verlange sie von ihm, er habe nur sie, seine Mutter, und es sei schon genug geschehen in diesem Haus. Damit sage sie auf jeden Fall die Wahrheit, sagte er. Ob das eine Anschuldigung sei, antwortete sie, wenn er gerecht wäre, müsse er sich fragen, für wen sie das getan, wessen Stellung und Recht sie unentwegt vertreten habe. Das wisse er, sagte er und wandte sich ab. Er hatte das Gefühl, daß er alleine dastehe.

Auch auf dem Heimweg, nachts aus dem Wirtshaus, war er allein. Dabei verfolgten ihn Gedanken, die es sonst nicht taten und die er bei der Arbeit vermeiden konnte. Deshalb zögerte er den Heimweg auch hinaus, trank und spielte, sah verstohlen auf die Uhr, redete nichts, beobachtete die Mitspieler, als mißtraue er ihnen und sei auf alles gefaßt, gab eine kurze, mürrische Antwort, spielte verbissen, was den anderen zu imponieren schien, und wartete, wenn der Zeitpunkt gekommen war, auf den günstigsten Augenblick, um aufzustehen und zu gehen. Es kam vor, daß einer mitging, doch sie trennten sich an der nächsten Wegkreuzung. Er dachte an Valerie, wie sie plötzlich in der Wirtsstube stand oder vor dem Wirtshaus auf ihn wartete oder ihm durch den Hohlweg entgegenkam. Er beschimpfte sie und sagte, wo man hinkäme, wenn jede Frau ihren Mann aus dem Wirtshaus hole. Die Mutter empfing sie ein einziges Mal, in der dunklen Stube sitzend, rührte sich nicht, als er eingetreten war, aber er sah sie im Dunkel sitzen. Nachdem er Licht gemacht hatte, schaute sie der nachkommenden Valerie ins Gesicht, was ihn zwang, ebenfalls Valerie anzusehen. Auf ihrem Gesicht lag der Ausdruck einer ungeheuren Anspannung, der sich lockerte, als sie sagte, und in ihrer Stimme schwang eine Hilflosigkeit mit, die Mutter sei auch noch wach, worauf er schrie, das ganze Haus müsse wach sein, weil er heimkomme, wo habe man schon so etwas erlebt. – Wecke das Kind nicht auf, hatte seine Mutter gesagt.

Jetzt wußte er, daß niemand auf ihn wartete, wenn er heimkam. Es war ihm zur Gewohnheit geworden, regelmäßig ins Wirtshaus zu gehen, Tage und Stunden waren die gleichen, und seine Mutter fragte nicht mehr, wann er heimkomme. Seitdem Krieg war, kamen nur alte Männer ins Wirtshaus, die jungen waren eingerückt, und Andreas Doblauer war der Jüngste in der Spielrunde. Er nützte die Unachtsamkeit des einen und anderen, es entging ihm keine Chance, und in Anbetracht, daß er der Jüngste war, wurde nicht darüber gesprochen, sein

Spielverhalten, wenn auch angezweifelt, nicht oder mit zu wenig ausreichenden Argumenten angefochten. Man nannte ihn Anderl, sprach nicht über persönliche Angelegenheiten, neckte den und jenen wegen einer Eigenart oder eines Mißgeschicks. Bei Andreas Doblauer spielte man auf die Abhängigkeit von seiner Mutter an, wenn er, wie sehr oft, beim Spiel gewann, ob ihm das seine Mutter beigebracht habe. Seine Frau erwähnte man mit keinem Wort, und wenn zufällig die Rede auf sie kam, ließ man den Sprecher ausreden und gab keine Antwort. Es entstand eine Pause, die einer überbrückte, indem er etwa sagte, früher habe der Pfarrer und der Bürgermeister mitgespielt, und ein anderer antwortete, früher seien sich beide nur beim Spiel nicht einig gewesen, heute wäre es wohl umgekehrt, aber es steche keiner dem anderen ein Auge aus.

Andreas Doblauer war nicht der erste, der zum Heimweg aufbrach; er hatte eine bestimmte Zeit, und auch die war nicht immer gleich. Oft erhob er sich unmittelbar, legte seine Karten auf den Tisch, und niemand sagte ein Wort. Er machte dem Wirt ein Zeichen, bezahlte und ging hinaus. Die Erinnerung, daß seine Frau ihn hier erwartet hatte, befiel ihn beim Hinausgehen, und im Hohlweg spähte er ins Dunkel und in den Schatten der Baumstämme. Die Bäume, Mostbirnbäume, bestanden den Hohlweg bis auf die Anhöhe, wo sich der Fahrweg gabelte; der eine Weg, ausgebaut zu einer schmalen Fahrstraße, führte zum Nachbarhof, der andere, von Gras überwuchert, durch das zwei Spuren in Wagenbreite zogen und auf einer Seite mit Bäumen bestanden, führte zu seinem Hof. Er holte den Haustürschlüssel aus der Tasche, sperrte auf und ab, fand im Dunkel die Tür zu seiner Kammer, zog Rock, Schuhe und Hose aus und stieg ins Bett. Wach liegend lauschte er. Die Wirkung des Alkohols, die er bald nach dem Verlassen des Wirtshauses verspürt hatte, war weg, er fühlte sich ernüchtert, es war nicht angenehm, auch weil er wußte, daß der Schlaf auf sich warten ließ in diesem Zustand. In der Kammer neben der seinen schlief die Mutter, Valerie schlief im Stock, neben der Kammer des Sohnes. Früher hatte in der Kammer neben der seiner Mutter der Vater geschlafen und er in der Kammer neben der seiner Frau. Als der Vater das Haus verlassen hatte, beteuerte er, die leere Kammer des Vaters zu beziehen, um niemanden zu stören, wenn er spät nachts heimkomme. Er sagte es im Hinblick auf seine Frau und seinen Sohn, meinte es aber anders; er wollte in der Kammer neben der seiner Frau nicht mehr schlafen.

Er hatte mit seinem Vater oft Streit gehabt, die Zusammenstöße häuften sich, und in dieser Zeit verweigerte sich ihm Valerie zum ersten Mal; er war nachts aus dem Wirtshaus heimgekommen und in ihre Kammer getreten. Er fragte sie, doch sie gab keinen Grund an. Beim nächsten Mal blieb er länger vor ihrem Bett stehen, sie kroch tiefer unter die Tuchent, zog sie mit beiden Händen bis zum Mund und hielt sie fest. Sie gab ihm auf seine Fragen keine Antwort. Sie bewies ihm mit ihrer Haltung, daß sie ihm nicht mehr erlaubte, zu ihr zu kommen, und ihr, nach Jahren aufreibender Zwistigkeiten, seine Person fremd geworden war. Diese Ablehnung las er auch tagsüber in ihren Augen, und er unterließ es bald, sich ihre Haltung zu erklären; sie machte ihn nur ratlos und wild. So stand er eines Nachts in ihrer Kammer, erkannte trotz der Dunkelheit diesen unerklärbaren Ausdruck in ihrem Gesicht, wußte später nicht mehr, was er sagte, nur, daß er versuchte, sie zu überreden, mit ihm zu schlafen, dazu Erinnerungen hervorholte, sein Gehirn auspreßte, um die besten und treffendsten Worte zu finden, schwieg, um ihr Gelegenheit zur Antwort zu geben und sich selbst zu sammeln. Als er merkte, daß sie keine Anstalten machte, ihm zu antworten, wurde er heftig, spürte das Bedürfnis, Zwang auf sie auszuüben, ihr die Tuchent wegzureißen.

Dann tat er es. Nach einem Wirtshausbesuch, bei dem er mehr getrunken hatte, war er laut ins Haus getreten und die Stiege hochgestiegen. Der Anblick, den sie ihm bot, schreckte ihn ab; ihre Arme und Hände lagen auf ihrem Körper, umschlossen ihn mit starrer Kraft, der Körper steif und wie entseelt, und sie sah ihn mit geweiteten Augen an, als bannte sie ihn auf der Stelle fest. Es war ungewiß, wie es weitergegangen wäre, hätte er nicht das Geräusch der Tür hinter sich gehört; seine Mutter, von seiner lauten Stimme geweckt, war eingetreten. Er warf die Tuchent über den Körper Valeries, sah noch, wie ihre Hände nach dem Rande faßten, hörte die Mutter sagen, er solle nach unten und in seine Kammer gehen, ging wortlos an ihr vorbei und die Stiege hinunter, sie folgte ihm, was er erst später bemerkte, und sie sagte, ehe er in seine Kammer trat, er solle das bleiben lassen, ob er denn noch einen Funken Verstand im Kopfe habe. Er wollte entgegnen, daß dies die Sache zwischen ihr und ihm sei, sagte aber nichts und schloß die Tür. Er hörte seine Mutter in der Kammer nebenan ins Bett steigen.

Am Morgen erwachte er und merkte, daß er angezogen auf dem Bett lag und erinnerte sich langsam an alles: er hatte sich auf dem Heimweg vorgenommen, zu Valerie in die Kammer zu gehen, sie zu bitten, zu bedrohen, wollte vor ihrem Bett niederfallen oder gegen sie die Hand erheben, ihr etwas sagen, nach dem er vergeblich gesucht, Worte, die er am Beginn ihres Verhältnisses gesagt hatte, wie er glaubte, doch gleich bezweifelte, ob er sie gesagt, weil er sie in seinem Gedächtnis nicht gefunden hatte. Er mußte aufstehen, wollte aber nicht. Er hörte die Mutter in der Küche hantieren, dachte, ob Valerie schon auf sei, doch es war ihm gleichgültig. Er fühlte sich sehr nüchtern, nüchterner als sonst, wenn er normal im Bett geschlafen hatte, seine Gedanken waren klar und kreisten immer um die Überlegung, warum die Mutter jetzt so nachsichtig und geduldig mit Valerie war. War es Mitleid? Nein, das war etwas anderes; sie war froh, daß sie wieder die Führung des Haushaltes hatte, um den sie sich, als der Vater und die Schwester noch hier gewesen waren, nicht gekümmert und den sie ganz vernachlässigt hatte, als Valerie ins Haus gekommen war. Sie war durch die Krankheit Valeries und durch den Weggang der anderen wieder zu dieser Stellung gekommen, hatte sie als solche erkannt und füllte sie aus, womit sie ihn, den Sohn, in dem Maße beherrschte, als sie ihn früher bevorzugt hatte.

Auf das Klopfen an seine Kammertür rief er heftig ja, sprang gleichzeitig auf, öffnete die Tür und stieß beinahe mit seiner Mutter zusammen. Sie sagte nichts, sah ihn nicht einmal an, als wisse sie, daß er in den Kleidern auf dem Bett geschlafen hatte. Bevor er sich an den Tisch setzte, auf dem bereits die Schüssel mit dem heißen Kaffee dampfte, ging er in die Kammer zurück und zog die Arbeitskleider an. Den Anzug, in dem er geschlafen hatte, legte er über den Stuhl. Dann nahm er seinen Platz am Tisch ein, griff nach seiner Schüssel, während er seine Frau betrachtete, die aus der Küche kam, und hinter ihr die Mutter, die ihn prüfend ansah. Valerie hatte die Augen gesenkt, sah auf den Schöpfer, mit dem die Mutter heißen Kaffee einschenkte und neben jede Schüssel ein Stück Brot legte. Andreas Doblauer brach das Schweigen, seine Stimme aber war belegt, so daß er sich räuspern mußte; heute müßten sie die Laubstreu aus der unteren Scheune holen, es sei keine mehr da. Er hatte noch nicht ausgeredet, als die Mutter sagte, Valerie und sie gingen gleich nach dem Frühstück ins Dorf, um einzukaufen, er könne die Laubstreu auch alleine heraufholen. Andreas Doblauer sagte nichts, brockte das Brot in den Kaffee, nahm den Löffel und aß die Brocken heraus. Valerie brach das Brot, steckte einen Bissen in den Mund, faßte mit beiden Händen die Schüssel und trank. Die Mutter brockte das Brot ein wie der Sohn. Der war als erster fertig, trank den Rest des Kaffees, indem er auch mit beiden Händen die Schüssel zum

Munde führte. Dann erhob er sich ohne Rücksicht auf die Frauen. Vor der Tür zur Küche blieb er stehen und wandte sich um. Es bleibe wohl dabei, daß hier nichts mehr seinen rechten Gang gehe, sagte er. Die Mutter sah ihn an, Valerie sah vor sich hin in die Schüssel. Seine Schwester habe ihn angefeindet, fuhr er fort, und seine Frau tue, als sei er ein Fremder, und gehe ihre eigenen Wege, somit werde er gezwungen, in die Fußstapfen des Vaters zu treten, weil es die Weiber hier nicht anders wollten, schloß er heftig und knallte die Tür hinter sich zu. Er arbeitete den ganzen Tag alleine draußen, und abends sagte er nichts, ging vom Tisch weg in die Kammer, und von nun an nicht an zwei, sondern an drei Abenden in der Woche ins Wirtshaus, um zu trinken und Karten zu spielen. Er kam nie vor Mitternacht nach Hause.

II

Ich betrachte eine Zeitlang die dicke, giftgelbe Rauchsäule, die aus dem Schornstein steigt, die Dichte beibehält, wie geschoben wirkt, stellenweise durchlässig und dünn wird, worauf der Schub nachläßt und einzelne Schübe erfolgen, ehe sie sich wieder zur Säule formen, die sich in einer gewissen Höhe auflöst, nachdem sie sich verbreitert hat. Weht der Wind, wird die Säule kurz nach dem Ausströmen erfaßt, zerstoben und fortgetrieben. Kommt der Wind aus Südosten und ist er stark, treibt er den aufgelösten Rauch ins Dorf, und jedermann kann ihn riechen; es ist der unverwechselbare Geruch nach verbranntem Fleisch und verbrannten Knochen.

Ich besteige, aufgeschreckt durch den Geruch, den Turm, weiß nicht genau warum, denn die Erfahrung hat gezeigt, daß mir auch im Anblick des Ortes, dem der Rauch entsteigt, nichts weiter deutlich wird. Aber ich hoffe immer auf weitere Zeichen, die mir den Zweifel nehmen oder die Ängste bestätigen; das erstere trifft nicht zu, und somit bleiben die Ängste bestehen; man verbrennt in dem Schloß die Leichen der Menschen, die man vorher durch Gaseinwirkung getötet hat. Es sind Menschen, behaftet mit einem unheilbaren Gebrechen oder mit einer Geisteskrankheit, die man aus nah und fern hierher bringt, oder Insassen aus einem Konzentrationslager, politisch oder rassisch nicht Geduldete. Die letzte Gewißheit wird mir im Beichtstuhl zuteil. Der Ort wird, außerhalb der Beichte, immer mehr dazu benützt, mir heimlich Nachrichten zukommen zu lassen, aber auch von Ratsuchenden, die mit den Erscheinungen der Zeit konfrontiert sind, wie im folgenden Fall.

Eines Tages kommt ein Mann in den Beichtstuhl, den ich nicht kenne, der nicht von hier ist. Er verlangt die Beichte, ich nehme sie ihm ab, und als ich ihm die Absolution erteilt habe und das Türchen zum Sprechgitter schließen will, drängt er das Gesicht ganz nahe an das Gitter und sagt eindringlich und sehr leise, er bitte noch um ein Wort. Es stellt sich heraus, daß er, vom Heeresdienst als untauglich zurückgestellt, im Schloß in einer Kanzlei Dienst tut, und er bittet mich um Rat und Hilfe hinsichtlich des Tatbestandes, dem er ohne sein Wollen ausgesetzt sei, sagt er, zuzusehen, wenn auch indirekt, wie Menschen, Behinderte und Kranke, politisch und rassisch Verfolgte mit Kohlenmonoxyd getötet und ihre Leichen verbrannt werden. Ich frage nicht, lasse ihn reden, überlege, es könnte eine Falle sein, bereue im selben Augenblick, einem lauteren und bedrängten Mitmenschen Mißtrauen entgegengebracht zu haben, und entschuldige vor mir selbst mein Verhalten mit den negativen Auswirkungen in dieser Zeit; es gebe gute Gründe, dem anderen zu mißtrauen, und vor allem einem Mann in dieser Stellung, der sich gerade an mich wendet. Doch an wen soll er sich sonst wenden, eingedenk des Umstandes, wer ich bin und was ich darstelle und zu tun habe, nämlich Vertrauen zu erwecken in einer Zeit der Bedrohung.

Der Mann erzählt mir, was er auf dem Herzen hat, sein Mund ist noch immer am Holzgitter, als er erleichtert schweigt. Ich schweige ebenfalls, kann kaum einen Gedanken fassen, aber angeregt von seiner Offenheit, die ich erwidere, bringe ich mein Gesicht auch nahe an das Holzgitter und sage, es liege nicht in unserer Macht, hier gewaltsam einzugreifen, er müsse sich in Pein und Zweifel ganz der Fürsorge Jesu Christi anvertrauen und beten für die Opfer und für die Schergen, sooft es ihm möglich sei. Ich merke, daß er getröstet den Beichtstuhl verläßt, bilde es mir wenigstens ein, ziehe den Vorhang über dem Glasfenster an der Tür ein Stück beiseite und sehe ihm nach; soweit ich den Mann von hinten beurteilen kann, ist er nicht mehr jung, sein Aussehen nicht alltäglich, der Hinterkopf bedeckt mit dichtem, grauem Haar. Ich bin erschüttert von der Begegnung und der nicht alltäglichen Erfahrung. So bleibe ich noch im Beichtstuhl sitzen, froh, daß niemand kommt, um die Beichte zu verlangen. Seitdem, glaube ich, habe ich dort im Schloß einen Freund, und diese Gemeinsamkeit macht es mir leichter, das Wissen zu ertragen, dessen Tatbestand er mir dargelegt und bestätigt hat.

Oft stehe ich hier und schaue durch die Holzjalousien der Luke im Glockenstuhl auf das Schloß hinunter, nur um immer wieder die Bestätigung des Dargelegten zu erhalten; ich führe Buch darüber, jedes Ereignis und jede Bewegung erscheinen mir wichtig; ob zwei Wächter – sie sind immer zu zweit und führen einen Schäferhund an der Leine – die Runde machen, die sie um das Schloß und in die Umgebung führt, oder ob ein Auto den Hof des Schlosses durch das Tor, das ich nicht einsehe, verläßt, von der Zufahrtsstraße in die Landstraße einbiegt, ins Dorf fährt oder in Richtung Osten und in der Ferne verschwindet, oder ob in der wärmeren Jahreszeit und im späten Herbst, wie jetzt, ein Arbeitstrupp herauskommt und von den Wächtern in die Gärten oder auf die Felder geführt wird, Männer und Frauen, ausgewählt nach entsprechenden Gesichtspunkten, vielleicht harmlosere Fälle, Patienten, die man hält, um den Schein zu wahren und von ihnen die Gärten und Gemüsefelder bearbeiten zu lassen. Sie tragen alle Kleidung aus demselben Stoff, arbeiten gebückt, und wenn sie sich aufrichten, kann ich erkennen, daß ihr erster Blick den Wächtern gilt, die beisammenstehen oder im großen Bogen um sie herumgehen, gestikulieren und einzelnen in der Gruppe etwas zurufen.

Ich kann die Vorgänge nicht ganz unterscheiden, wenn sie sich innerhalb der Gruppe abspielen, wohl aber Einzelpersonen oder wenn mehrere Personen in Abständen agieren, immerhin beträgt die Entfernung 800 Meter, und ich bin weitsichtig; am besten unterscheide ich Vorgänge, die nicht ungewöhnlich sind und sich wiederholen, insbesondere die um das Schloß, also alltägliche, die, und darauf bin ich gefaßt, ungewöhnliche Folgen haben könnten. Im Anfang überlegte ich, einen Feldstecher mitzunehmen, habe aber eine Scheu vor solchen Hilfsmitteln; ich bin überzeugt, letzten Endes deutlicher, doch nicht mehr zu sehen, der Feldstecher würde mich hindern, während mein Blick auf einen Punkt eingeengt wird, dessen Umgebung und besonders ein Gesamtbild im Auge zu behalten.

Die Bauernhöfe, große Vierkanter, die weit verstreut um das Schloß herum liegen, deren Bewohner ich kenne, sind von dichten Obstbaumbeständen umgeben, und der nächstliegende befindet sich in einiger Entfernung vom Schloß, so daß die Leute dort, wenn sie nicht vorsätzlich das Schloß beobachten, wozu sie keine Zeit haben, die Vorgänge, die ich von hier aus sehe, nicht mitbekommen. Der eine oder andere, ich bin überzeugt, wird mißtrauisch sein, wagt es aber nicht, in Gegenwart anderer etwas zu sagen, kaum anzudeuten. Zweifelsfreie Andeutungen macht man hin und wieder mir gegenüber, und ich reagiere in der Öffentlichkeit mit erzwungenem Gleichmut. Ist mir jemand, der solche Andeutungen macht, gut bekannt, nicke ich zustimmend und lege, wenn es die Situation erlaubt, den Finger an den Mund, was in Verbindung mit dem Nicken stille Zustimmung bedeutet. Ich bin überzeugt, daß viele nichts wissen, und auch solche, die es wissen, nicht glauben können, ich hörte schon manchen leise sagen, er halte dies für unmöglich, worauf ich mich mit einem Stoßseufzer abwandte.

Im Süden liegt die langgezogene Hügelkette vor mir, unterschiedlich formiert, mit jähen, kurzen Steigungen, in den Hochflächen sanfte Mulden, in denen, sehr vereinzelt, Vierkanthöfe stehen, sehr vereinzelt deshalb, weil zu den Höfen ausgedehnte Gründe gehören, die um die Höfe herum angeordnet sind. Baumgruppen umgeben die Gebäude oder ziehen in Reihen von Mulde zu Mulde, bis zu den höchsten Anhöhen hinaus, und oft sehe ich nur die wuchtigen Dächer, ziegelrot zwischen dem Astwerk. Nach Osten und Westen eine weite Ebene, der Lauf der Bäche ist erkennbar an den Baumreihen, die die Ufer säumen. Die Höfe in der Ebene, selbst wie Schlösser, sind besser einzusehen als die in den Hügeln, doch weiter vom Schloß entfernt bilden auch mehrere zusammen einen Weiler. Am dunstigen Horizont, im Westen und Osten, umrundet die Hügelkette die Ebenen, schließt sie ab, was aber eine perspektivische Täuschung ist; die äußersten Ränder der Talsohlen heben sich, bilden so einen scheinbaren Abschluß und stoßen in die im Dunst verschwindende Hügelkette hinein. Jenseits sehe ich nur Umrisse, in der Sonne dunstverschwommen, teils glitzernd, bei Schlechtwetter schattenhaft.

Man ruft mich zu einer Kranken in einen der Höfe in der Hügelkette. Ein Kind richtete mir die Bitte der Großmutter aus, sie sei sehr krank, ich möchte zu ihr kommen. Sie sterbe vielleicht, setzte es von sich aus hinzu. Das stehe in Gottes Willen, wollte ich dem Kind antworten, sagte es aber nicht. Ich muß die Landstraße nehmen, von der die Zufahrtsstraße zum Schloß abzweigt, wo die Verbotstafel steht. Ich bin zu Fuß, will das Fahrrad nicht benützen, um Gelegenheit zu haben, das Schloß lange zu betrachten, mache mich auf eine Begegnung gefaßt mit einem der Wächter oder mit einem Fahrzeug. Die Verwirklichung des Vorhabens nimmt mir die Erregung und die Angst; ich bin auf dieser öffentlichen Straße ein Passant wie jeder andere. Schon habe ich die Einmündung der Zufahrtsstraße überschritten, da höre ich ein Auto hinter mir, wende mich um und sehe, ehe das Auto in die Zufahrtsstraße einbiegt, einen Offizier vorne neben dem Fahrer. Mein Herz beginnt zu pochen, ich weiß nicht warum, der Offizier betrachtete mich kurz, keineswegs herausfordernd, wie ich erwartet habe, da ich an meiner Tracht als Priester erkennbar bin, sondern eher gelangweilt. Beim Fortgehen nahm ich mir vor, nicht Zivilkleidung anzuziehen, ich bin gewillt, eine Herausforderung anzunehmen, obwohl der Gedanke jeder Wahrscheinlichkeit entbehrt und ich niemand herausfordere, wenn ich stehenbleibe und hinter einem Auto hersehe. Das Gesicht des Offiziers beschäftigt mich, gelangweilt, abgestumpft, denke ich, bin aber nicht sicher, ob ich recht habe; es ist eine Erfahrung, wie leicht man einem Menschen, den man nicht kennt, auf den man eigene und angenommene Vorstellungen überträgt, Unrecht tut, was in diesem Falle wie eine Entschuldigung klingt. Ich lasse alle Zweifel offen. Dann sitze ich am Bett der alten Bäuerin, spreche, denke dabei an die Begegnung mit dem Offizier und zwinge mich, beim Sprechen der Gebete für die alte Frau, meine Gedanken zu sammeln. Das Ende der Kranken ist unbestimmbar;

gerade bei sehr alten Leuten schreitet manche Krankheit sehr langsam voran. Ich hoffe, meine Trostworte sind nicht allzu unbedeutend.

Auf dem Rückweg kommt mir auf der Landstraße ein mit einer Plane bedeckter Lastkraftwagen entgegen. Vorne sitzen der Fahrer und zwei Uniformierte. Ich bleibe stehen, trete zur Seite, da die Straße schmal ist, und betrachte, als der Lastkraftwagen vorbei ist, seine Rückseite. Was ich sehe, veranlaßt mich, mich umzuwenden und den Weg fortzusetzen; durch die Öffnung, vor der ich seitlich je einen Uniformierten ausmachte, erkenntlich an der Kopfbedeckung, konnte ich im Halbdunkel des Wageninneren den Schimmer von Gesichtern wahrnehmen, nebeneinander, wie aufgereiht, Menschen, die auf Bänken saßen. Es ging alles sehr rasch. Die Gesichter im Halbdunkel haben sich mir wie einheitliche Masken eingeprägt, und den Rest des Tages bringe ich sie nicht aus dem Gedächtnis, vergesse die alte Bäuerin, führe Selbstgespräche, rekapituliere die Begegnungen in allen Details bis in die Nacht.

Jetzt bete ich plötzlich halblaut, während ich in der Glockenstube an der Luke stehe und in den Rauch starre, der stoßweise, dann wieder in gleichmäßigen Schwaden aus dem Schornstein kommt. Ich kenne die Toten nicht. Die Angehörigen erhalten später die lakonische Nachricht, der Patient sei an einer Infektionskrankheit gestorben.

Von einem der Höfe aus dem Hügelzug hinter dem Schloß kommt ein Gespann, ein Pferd mit einem leichten Wagen, ich erkenne das Pferd, je mehr es sich nähert, im leichten Wagen sitzen der alte

Bauer und seine Frau, sie fahren jeden Sonntag mit diesem Gespann zur Kirche, und hin und wieder bringt der Bauer seine Frau, die älter ist als er und etwas kränklich, zum Arzt ins Dorf. Die Straße, die sie benützen, umgeht das Schloß, das heißt, sie dürfen den direkten Weg, die Straße, die von der Höhe herab und am Schloß vorbeiführt, nicht nehmen, müssen schon vorher abbiegen und in einem großen Bogen das Schloß umfahren. Ich schaue einmal auf den Rauch, dann auf das Gespann, das langsam aus der ersten Hälfte des Bogens in die zweite einfährt, hinter Bäumen oder hinter einer flachen Bodenwelle verschwindet, auftaucht, von vorne zu sehen ist, dann von der Seite. Das Pferd, ein Brauner, bewegt sich im Schritt. Die zwei alten Leute werden den Rauch sehen und sich etwas denken, ich kann nicht erkennen, ob sie sprechen, wenn sie sprechen, bestimmt sehr wenig, vielleicht erwähnen sie den Rauch gar nicht, der ihnen zu einem gewohnten Anblick geworden ist. Dazu muß ich sagen, daß diese Erscheinung sehr häufig ist und auf Menschen zutrifft, die nicht die schlechtesten sind. Wer hätte gedacht, daß dieses Schloß einmal die Mitte in unserem Dasein wird? Aber so ist es, ob man die Ereignisse, die dort vor sich gehen, kennt oder nicht, leugnet oder verdrängt. Sie sind allgegenwärtig, insbesondere im Schweigen. Viele Mitmenschen verdrängen sie, leben wie bisher und schauen nicht hin. Aber sie sind da, diese Ereignisse, zwischen zweien, die sich auf der Straße unterhalten, in den Häusern, in den Familien, zwischen Versammelten, zum Beispiel in der Kirche, in dem Raum, in dem sich jemand aufhält, stehen sie neben ihm, sind Tatsache, unauslöschlich, die man uns aufzwingt und die uns prägt. Es ist nicht schwierig, sie nicht zu sehen oder zu verdrängen; dadurch, daß sie keinen von uns beanspruchen, sich sozusagen unsichtbar abspielen, streng vor unseren Augen verborgen werden, verlieren sie scheinbar an Überzeugungskraft. Man lebt und will leben, und wenn man sich in ganz bestimmten Bahnen hält, läuft man nicht Gefahr, nicht gemäß seinen Vorstellungen weiterzuleben.

Grüßt mich jemand auf der Straße, schwingen diese Tatsachen im Gruß mit, sagt man ein paar Worte, höre ich sie in dem, was man verschweigt, stehe ich in der Kirche vor der Gemeinde, stehen sie zwischen uns, denke ich sie und sage etwas anderes, werden sie unwiderstehlich stark, ich bin versucht, Anspielungen zu wagen, ein Pfarrkind zu fragen: kannst du leben mit ihnen, beunruhigen sie dich nicht? Sag die Wahrheit! Doch diesen Weg gibt es nicht, man stieße auf verlegenes Staunen, auf Zurückweisung, auf ein Lauern, der Weg liegt außerhalb jeder natürlichen Möglichkeit einer Aussprache. Ich weiß, daß ich hier beinahe alleine bin mit diesen Überlegungen, und dieses Wissen schafft die Einsamkeit, dazu die Angst, die mich zum Gebet treibt.

Die Rauchsäule wird dunkler, ich stehe fast zwei Stunden hier. Die beiden alten Leute mit dem Pferdegespann müssen schon im Dorf sein. Jetzt unterscheide ich drei Fußgänger, die sich auf der Landstraße von Osten nähern. Bisher konnte ich sie nicht deutlich erkennen, dachte auch an Einheimische, doch nun bin ich aufgeschreckt; ich habe das Gefühl, ich stünde den drei Menschen gegenüber, die immer schneller gehen; doch das ist eine Täuschung; ich kann ihre Bewegungen nun besser unterscheiden, je näher sie kommen, und bald jeden einzelnen gut sehen. Vorne gehen zwei, dahinter geht einer. Vorne, das sind ein Mann und eine Frau, sie tragen Mäntel, und der hinter ihnen ist ein Uniformierter, das sehe ich, auch das Gewehr über seiner Schulter. Der Mann neben der Frau hinkt auf einem Bein, hält den Kopf gesenkt, auch die Frau, die hin und wieder aufblickt und in die Landschaft schaut, keiner scheint etwas zu sagen, die Schritte des Mannes sind schwer, sein Körper strafft sich, wenn er das Bein, auf dem er hinkt, hebt. Die Frau ist jünger und wirkt größer als der Mann, sie beugt sich nun zu ihm hinab und sagt etwas, worauf der Uniformierte den Kopf hebt und die Frau ansieht. Der Mann verhält seinen Schritt und wendet sich um, der Uniformierte deutet mit der Hand auf das Schloß, die Frau ist stehengeblieben, beschattet die Augen mit der Hand und läßt sie sinken, oder besser, sie fällt am Körper herab, die Frau geht weiter, den Kopf gesenkt, der Mann holt sie ein, dreht sich aber nach ein paar Schritten zu dem Uniformierten um. Der Mann sagt etwas, der Uniformierte scheint ihm eine Antwort zu geben, die Frau ist inzwischen weitergegangen, ohne sich um die beiden zu kümmern, als gäbe es für sie keinen Grund stehenzubleiben und hinzuhören. Der Uniformierte faßt den Mann am Arm und veranlaßt ihn, weiterzugehen, worauf sich die alte Ordnung wiederherstellt. Noch immer hoffe ich, auch wenn ich weiß, daß es vergeblich ist, auf eine Veränderung, auf einen gewaltsamen Eingriff, bis die drei in die Zufahrtsstraße zum Schloß einbiegen.

Die Gewißheit, die doch zu erwarten war, überwältigt mich; ich schäme mich der kalten Beobachtung, bei der ich keinen anderen Gedanken aufkommen ließ und der mich nun auf die Knie zwingt; ich hebe die Hände, sage laut die Segensformel, den beschwörenden Blick auf den Mann und die Frau gerichtet. Dann setze ich mich erschöpft auf einen Balken des Gestühls, klopfe gedankenleer mit einem Fingerknöchel an die in der Nähe hängende Glocke, sie gibt einen leise schwingenden Ton von sich, stehe auf, berühre mit einem Fuß die erste Stufe. In mir ist eine unsägliche Ohnmacht, die meine bisherige Demut und streng beachtete Schweigsamkeit und meinen passiven Widerstand überwältigt. Ich gehe die Stiegen hinunter, achte nicht auf die Geräusche, die ich mache, sperre die Tür in der Seitenkapelle auf und trete ins Freie. Das Sonnenlicht, das von der gegenüberliegenden Friedhofsmauer reflektiert wird, blendet mich, ich gehe wie ein Traumwandler, eine Bereitschaft für alles in mir; so könnte ich ins Schloß gehen. Eine junge Frau, die an einem Grab steht, grüßt mich, ich nicke, sie schaut mich prüfend an, ich denke, ja man soll es nur merken, ein älterer Mann am Friedhofstor sieht zur Seite – es ist mir gleichgültig –, jemand, der weit weg ist, ruft, der ältere Mann wendet sich um – wie gezwungen er es tut, nur um mich nicht beachten zu müssen –, meine

Beine tragen mich rasch weiter, bleiben vor der Tür zum Pfarrhof stehen, zwei Kinder grüßen mich und sehen mich sprachlos an, was mich zu mir selbst zurückruft; ich lächle den Kindern zu und nicke, ehe ich ins Haus trete.

3

Elisabeth Doblauer unterbrach das Schweigen und sagte, Valerie solle ihr die Pfanne geben, und griff danach, ließ aber die Hand sinken und wartete, bis ihr Valerie die Pfanne reichte. Sie spülten zusammen Geschirr, wie jeden Tag, und wenn Valerie etwas anderes tat, spülte die alte Frau alleine das Geschirr. Spülten sie zusammen, was heißt, die alte Frau spülte und Valerie trocknete ab, war jene bedacht, mit Valerie über den Verlauf der Arbeit zu reden, wozu sie sich verpflichtet fühlte, was ihr aber nicht immer leichtfiel, weil Valerie sich ganz in sich selbst zurückzog und ihr Verhalten alles andere als entgegenkommend war, nicht absichtlich, wie die alte Frau jetzt wußte.

Die Erkenntnis, daß Valeries Verhalten nicht Absicht war, kam ihr durch den Arzt, der Valeries Zustand als Krankheit bezeichnete; voraus gingen Monate des Erschreckens, der Abneigung im Kampf mit Verständnis und Mitleid, das überwog, als die Beziehung der alten Frau zu Valerie nach Auszug des Mannes und der Tochter unmittelbarer wurde und ein Bangen um ihr Leben zeitigte; die alte Frau verband die Diagnose des Arztes mit den Erscheinungen der Zeit. Der Gedanke jagte ihr einen wahren Schrecken ein; sie erkannte die Folgen in einer Zeit, in der man, wie sie hinter der Hand sagte, mit solchen Menschen keine Geschichten machte. Von da an hatte sie das Bedürfnis, Valerie zu schützen, ja sie zu verstecken, insbesondere nach der Rückkehr aus der Klinik, denn schon während des Aufenthaltes dort hatte sie Zweifel gehegt, daß Valerie wieder herauskomme.

Valerie trocknete das Geschirr ab, stellte es auf die Anrichte, um die einzelnen Stücke an ihren Platz zu räumen, wenn sie mit dem Spülen fertig waren. Die alte Frau trug ihr nichts auf, achtete nur unauffällig, weil gewohnheitsmäßig, wohin Valerie das Geschirr räumte, um es, wie sie ihr erklärt hatte, beim Kochen am anderen Tag nicht suchen zu müssen. Sie wurden bei ihrer Arbeit selten gestört, ließen sich auch nicht stören. Hin und wieder hörten sie die Schritte von Andreas Doblauer und sahen ihn über den Platz vor dem Haus gehen, denn um diese Zeit kam er aus dem Stall, wo er das Vieh gefüttert hatte, und ging dann nahe der Hauswand, an den Fenstern der Küche vorbei. Sie hörten ihn oftmals Selbstgespräche führen, und je nachdem, ob die Stimme die Ferne oder Nähe des Mannes anzeigte, etwa im Vorhaus zu hören war, stellte die alte Frau eine Veränderung in Valeries Verhalten fest; war die Stimme aus der Ferne vernehmbar, trat ein Aufmerken in Valeries Gesicht, kam sie aus der Nähe und waren die Schritte bei der Annäherung nicht zu hören gewesen, ging durch ihren Körper ein Ruck, der ihn spannte, und kam die Stimme näher, wurde die Spannung verkrampft, was sich auch im Gesicht ausdrückte, das Abwehr verdeutlichte. Entfernte sich die Stimme wieder, löste sich der Krampf, die Spannung fiel vom Körper, der Gesichtsausdruck verlor die Abwehr, kehrte zurück zum gewohnten Gleichmut; von diesem Zustand hatte die alte Frau den Eindruck, Valerie bewege sich wie eine Schlafwandlerin.

Das erste Auftreten dieser und ähnlicher Erscheinungen hatte Befremden ausgelöst; dann reagierte jedermann anders; Andreas Doblauer reizten sie zur Grobheit, der Vater, der damals noch im Hause war, bemühte sich, sie zu übersehen, die Tochter Maria, die nach dem Weggang des Vaters ebenfalls das Haus verließ, versuchte sich mit Valerie zu verständigen, die Mutter sah vorerst einmal zu, ohne eine Haltung einzunehmen. Sie übernahm später, als das Befremden der Angst um Valerie gewichen war, die Stelle der Tochter, ohne deren natürliches Bemühen. Sie hatte den Arzt, der ihr die Krankheit der Schwiegertochter erklärt hatte, verstanden, wurde aber, die Ausführungen auf Valerie übertragend, sich nicht klar; Valerie war ihr, als die Frau ihres Sohnes, von Anfang nicht sehr vertraut gewesen.

Sie betrachtete, über das Schaff mit dem Spülwasser geneigt, Valerie von der Seite. Diese schien es nicht wahrzunehmen. Die alte Frau zweifelte es an, sooft sie Valerie betrachtete, mußte aber einsehen, daß es so war; auch wenn sie versuchte, Valerie gerade ins Gesicht zu blicken, machte sie die gleiche Erfahrung; Valerie erwiderte den Blick nicht, tat ihre Arbeit mit vorherbestimmten Bewegungen, richtigen Handgriffen, sah nicht auf ihre Hände, die mit einem Gegenstand umgingen, nicht auf den Gegenstand, wenn sie ihn abstellte, ihre Blicke setzten sich fest an einem nicht genau bestimmbaren Punkt, und wenn die alte Frau etwas sagte, was ein Umdenken im Zuge der gewohnten Handgriffe erforderte, tat sie es ohne zu zögern.

Die alte Frau wußte, daß Valerie immer schreckhaft erstarrte, wenn Geräusche hörbar wurden, nur wenn sie die Schritte ihres Kindes, Andreas, vernahm, der nachmittags von der Schule zurückkehrte, die kurzen, schlagenden Tritte auf dem Granitpflaster ums Haus und auf dem Klinker im Vorhaus, zu dem die Küchentür offenstand, unter der Andreas zu sprechen begann, hellte sich ihr Gesicht auf, sie ließ das Geschirr in der einen und das Abtrocktuch in der anderen Hand sinken und trat dem Eintretenden entgegen. Der sprudelte aus sich heraus, was ihn auf dem Heimweg – und der war weit – beschäftigt hatte, der Unterricht oder Zwistigkeiten mit den Kindern auf dem Heimweg, Erlebnisse, die das Gehörte und Gelernte in der Schule verdrängten, das ihm manchmal auch fremd blieb, nicht weil er es nicht verstand, vielmehr nicht ganz verarbeitete; Valerie war darauf gefaßt und fragte ihn aus. Sie entwickelte auch im Beantworten von Fragen des Kindes eine ihr eigene Eindringlichkeit, die in der Art die gleiche war wie die des fragenden Kindes: laut, direkt, mit kleinen Abschweifungen, womit sie nicht immer zu einem richtigen Ergebnis kam und dabei beharrte.

Dieses Eindrucks konnte sich die alte Frau nicht erwehren, obwohl sie es nicht besser wußte oder nicht treffender zu sagen imstande war und deshalb nichts sagte. Valerie unterbrach ihre Arbeit oder führte sie rasch zu einem vorläufigen Ende, regte das Kind durch ihre Anteilnahme an, noch mehr zu erzählen, was und wie, und was es selbst dazu meinte, Urteile, die sie bestätigte oder auch berichtigte. Die alte Frau glaubte, das eine oder andere Mal einen falschen Ton zu hören, war sich aber nicht klar darüber, klar war ihr, daß es nicht an der Art und Weise lag, wie Valerie mit dem Kind umging, eher an dem Zwang des Bedürfnisses, mit ihm umzugehen, um seine Neigung immer neu zu gewinnen.

Valerie ging wieder an die Arbeit, wenn das Kind, der Schultasche und des Mantels entledigt, am Tisch saß und das Essen hinauszögerte. Valerie eiferte es zum Essen an. Das Kind antwortete ungeduldig, worauf Valerie nichts sagte. Elisabeth Doblauer hatte nach derartigen Begrüßungsszenen den Eindruck, sie erschöpften Valerie; diese hatte zwar ein zufriedenes Lächeln im Gesicht, das sich aber bald in einem müden Ausdruck verlor; ihre Bewegungen wurden langsamer, sie starrte untätig und grundlos auf einen Punkt. Oft beendete die alte Frau diesen Zustand, indem sie etwas sagte. Anfangs hatte sie die Verhaltensweise Valeries befremdet und gereizt zu fragen, was es denn bei der Arbeit zu überlegen gebe, in einem bösen Ton, dessen sich auch ihr Sohn Valerie gegenüber nicht enthielt. Es herrschte eine Art Kesseltreiben um Valerie; die Mutter und ihr Sohn faßten Valeries Veränderung durch die Krankheit als hervorgekehrte Böswilligkeit auf, die sie mit gereizter Zurechtweisung beantworteten und der Sohn mit Grobheit vergalt. Die Mutter sah dies bald ein, wagte aber nicht ihren Sohn zurückzuhalten, auch weil sie einverstanden war, daß er tat, was sie nicht tun konnte; als sie nach der Aufklärung durch den Arzt einsah, daß nicht die Person, sondern die Krankheit sie befremdete, nahm sie nach und nach Haltung für Valerie ein. Sie hatte Elend und Krankheit in vielen Häusern kennengelernt. Mit dieser Haltung trat sie nun ihrem Sohn gegenüber. Der fühlte sich verunsichert und von ihr im Stich gelassen.

Das verstärkte sich, nachdem der Vater und die Schwester das Haus verlassen hatten. Als sie noch daheim waren, lud sich noch nicht aller Unmut des Sohnes auf Valerie ab; sein Vater und die Schwester bildeten eine Front gegen ihn und die Mutter, und diese Fronten, die hart aufeinanderprallten, verhärteten sich. Die größte Härte lag in der Haltung der Eltern, die beide je ein anderes der Kinder als den Hoferben vorsahen. Die Zeit zur Hofübergabe war noch nicht da, wurde aber immer deutlich gemacht durch die Tatsache, daß die Eltern sich darüber nicht einig waren. Der Vater, dem die Arbeiten außer Haus zufielen und der sie mit Ernst und Fleiß versah, erkannte, daß diese Eigenschaften dem Sohne fehlten, nicht aber der Tochter Maria. Sie begleitete ihn auf das Feld oder in den Wald, um mit ihm zu arbeiten, sobald es der Haushalt zuließ, während der Sohn alleine auf dem Hof herumwerkte und sich eng der Mutter anschloß, die den kleinen Hof von einem

Onkel geerbt hatte und nun Alleinbesitzer war. Er könne sich doch nicht mit dem Gedanken tragen, den Hof einer Tochter zu geben, wenn ein Sohn da sei, hielt die Frau dem Manne vor, der ein einziges Mal darauf antwortete: der tauge nicht. Diese Haltung des Mannes, die sie einsah, doch nicht bestätigen wollte, verbitterte die Frau. Die Parteien wurden zu starren Fronten. Meistens blieb der Kampf stumm, entlud sich später über dem Kopfe Valeries.

Die Ehe zwischen ihr und dem Sohn hatte Elisabeth Doblauer zustande gebracht, und zwar schon bald nach den ersten Anzeichen der Spaltung mit ihrem Mann wegen des Erben. Sie, die viel herumkam, weil man sie zur Behandlung kranken Viehs auf die Höfe holte, wobei sie großes Geschick bewies, hatte lange auf ihren Sohn eingewirkt, bis er sich für Valerie, die Tochter eines Kleinlandwirts aus der Nachbargemeinde, entschied, dem Argument der Mutter nachgebend, daß es für seine Zukunft gut sei, eine Frau zu haben.

Der Vater äußerte Bedenken, ob der kleine Hof so viele Menschen ernähre. Das hörte sich an, als überlege er – und an ihm solle es nicht liegen, sagte er. Er sah ein, daß er gegen seine Frau verloren hatte, eigentlich nicht gewinnen konnte, und erst recht nicht, als sie ihn zwang, auf seine unaufdringlich ernste Art gegen ihr heftiges Temperament lösende Überlegungen anzustellen. Er duldete Valerie, was nicht nur deutlich wurde, wenn er mit ihr sprach, nahm ihr Mitspracherecht an, nicht um sie für sich zu stimmen, sondern sie als die Schwiegertochter zu bestätigen. Maria und Valerie verstanden sich gut.

Ungeachtet solcher Erscheinungen legte er die Überzeugung nicht ab, daß zu viele Leute auf dem Hof seien; einer müsse sich Gedanken machen, sagte er. In Wahrheit wollte er niemand zur Last fallen, wenn er älter wurde, schon gar nicht seinem Sohn. Man lebte vorläufig weiter in dem Alltag, die Meinungsverschiedenheiten zwischen den Eltern wurden nicht mehr so laut ausgetragen, seit Valerie im Haus war, schwelten aber untergründig weiter. Auf Valerie lasteten die ungeklärten Verhältnisse. Sie mochte den Schwiegervater mehr als die Mutter, und sie spürte, daß sie gerade ihn und Maria verlieren würde. Deshalb hatte sie Angst, mit ihrem Mann und der Mutter auf dem Hof zu bleiben. Maria hatte ein uneheliches Kind, ein Mädchen, das an Valerie hing. Diese kannte bald die wahre Geschichte, wie Maria zu dem Kind gekommen war, und sagte sich, es sei ganz anders, als es die Leute erzählt hatten.

Valerie nahm sich der Hausarbeit an, und Maria, die gut kochte, stand ihr hin und wieder zur Seite, so daß die Mutter überflüssig erschien, was ihr nicht ungelegen kam; sie ging viel außer Haus, um auf den Höfen »anzubrauchen«, wie das hieß, nämlich krankes Vieh mit Auszügen von Heilkräutern zu behandeln. Diese gewohnte Tätigkeit weitete sie aus; morgens ging sie fort und abends oder nachts kam sie nach Hause. Der Vater, der nicht viel sprach, fragte einmal bei Tisch, ob sie ihre Tätigkeit so ausweiten müsse; die Frage blieb unbeantwortet, und er nahm es hin. Der Sohn, der mit ihrer ständigen Abwesenheit nicht einverstanden war, zeigte seinen Unmut, doch das störte die Mutter nicht. Gelegentlich sprach sie über ihre Tätigkeit und über die Leute, zu denen sie ins Haus kam, wie sie lebten und welche Zustände dort herrschten. Der Vater schwieg dazu, und als Maria und Valerie allein waren, sagte Maria, der Vater könne sich nicht aussprechen.

Niemand erfuhr, daß er es eines Nachts tun wollte, als die Mutter wieder spät heimgekommen war; aber die Aussprache kam nicht zustande; es war und blieb sein letzter Versuch, von dem er sich wahrscheinlich eine günstige Wendung erhoffte, an die er nie geglaubt hatte. Seine Frau betrat mitten in der Nacht seine Schlafkammer und ließ einen Wortschwall auf ihn los, der seine ganzen Überlegungen durcheinander brachte. Sie sagte nichts Böses, schnitt nur die Erbangelegenheit wieder an, er kam nicht zu Wort, wußte, was es bedeutete, jetzt mehr als je zuvor, und daß es für ihn keinen anderen Ausweg gab als wegzugehen.

Am Morgen stand er sehr früh auf, holte eine kleine Truhe vom Dachboden, räumte seine wenigen Habseligkeiten ein, schob den Leiterwagen vor die Haustür, spannte eine Kuh an, und als er mit Hilfe des Sohnes, den er dazu anhielt, die Truhe auf den Wagen gehoben hatte, blieb er stehen, ehe er aufstieg, und wandte sich um; sie standen alle unter der Haustür, auch die Mutter. Er bringe den Wagen und die Kuh am Nachmittag zurück, sagte er und stieg auf. Schweigend sahen die anderen ihm nach, bis das Gefährt hinter einer Bodenwelle verschwand. Niemand hatte ihm eine Frage gestellt, es war jedem klar, daß er den Hof aufsuchte, von wo er gekommen war und der jetzt seinem Bruder gehörte. Er werde als Knecht dort arbeiten, hatte er zu Maria gesagt, denn um hier als Knecht zu arbeiten, sei er zu lange der Bauer gewesen. Valerie verstand schon lange die Zusammenhänge, und sie fragte auch nicht, als Maria eines Tages zur Bahn ging, um in die Stadt zu fahren und eine Stellung zu suchen. Maria kam nach einigen Tagen zurück; die Stellung als Köchin in einem Gasthof könne sie in zwei Wochen antreten, sagte sie, und Klara, ihre Tochter, mitnehmen.

Nach ihrem Auszug schien sich das alltägliche Leben auf dem Hof vorerst zu lockern; die alten Spannungen, die Valerie nicht direkt betroffen hatten, lösten sich, sie fühlte sich aber von den anderen im Stich gelassen und ihrem Mann und der Mutter ausgeliefert; diese hatte ihren großen Trumpf ausgespielt und spürte nun die Leere, die darauf folgte; der Sohn forderte offen Geld von ihr, das sie ihm bisher heimlich zugesteckt hatte. Er trank und spielte im Wirtshaus. Sie schien beschlossen zu haben, ihm entgegenzutreten, ging immer seltener außer Haus und stellte ihre Tätigkeit, das kranke Vieh zu behandeln, nach dem Weggang Marias ganz ein. Valerie empfand diese Lösung nicht als befreiend; sie hatte Angst, und das Vertrauen, das sie den Ausgezogenen entgegengebracht hatte, konnte sie den Zurückbleibenden nicht entgegenbringen.

Das Kind schwieg, nachdem es seine dringenden Erlebnisse erzählt hatte, und öffnete die Schultasche.

Seine Mutter hatte ihm geduldig zugehört und sah es unentwegt an. Das Kind hielt ihr etwas hin und lachte; einen Hampelmann, der jetzt Arme und Beine hob und senkte, in rascher Folge, die das Lachen des Kindes steigerte, in das die Mutter einfiel und sagte, ob es in der Schule heute den Hampelmann gemacht habe. Das Kind nickte, den Körper des Hampelmanns in der Linken, mit der Rechten die Schnur ziehend, die am Rücken des aus Pappe geschnittenen Hampelmanns befestigt war und mittels der man die mit Schnüren locker aneinander und an die Zugschnur gehefteten Gliedmaßen bewegte. Das Kind wandte sich, immer an der Schnur ziehend, der Großmutter zu, die sagte, es sei ein schöner Hampelmann, doch jetzt müsse es aufhören, das Essen werde kalt. Das Kind legte den Hampelmann neben sich auf den Tisch, und Valerie beugte sich darüber, um, wie sie sagte, den Hampelmann besser betrachten zu können. Auch das Kind sah auf den Hampelmann. Valerie berührte die Schnur, die über die Tischkante hing, und zog ein wenig daran. Die Glieder zuckten. Sie müsse ihn in die Hand nehmen, so, sagte das Kind, nahm den Hampelmann in die eine Hand und zog mit der anderen an der Schnur. Dann reichte es ihn der Mutter, die ihn nicht nahm. Ja, sagte sie nur, es sei gut, und beugte sich zurück. Die alte Frau wandte sich um und blieb stehen, als sie Valerie gewahrte; die Art, wie sie sich benahm, als sei sie zu schüchtern und wolle dem Kind nicht zu nahe treten, riefen in der Großmutter die Gegenwirkung hervor; sie wehrte sich nicht gegen das Bild, gegen den Gefühlsausbruch, der nicht üblich war, daß die

Mutter ihr Kind aufnahm und an sich drückte. Rasch trat sie an den Tisch, zwischen Mutter und Kind, und sagte etwas barsch, nun müsse es essen. Dabei sah sie Valerie an. Diese hatte keinen Blick für sie.

Tage später war der Hampelmann vergessen, nachdem das Kind von einem Tag auf den anderen weniger mit ihm gespielt hatte. Die alte Frau sah, wie Valerie den vergessenen Hampelmann in die Hand nahm, von allen Seiten betrachtete, ein wenig an der Schnur zog und ihn wieder weglegte. Valerie hatte sich um die Flickwäsche angenommen, die schon tagelang im Korb lag. Es fiel der erste Schnee. Man sah ihn durchs Fenster deutlich zwischen den dunklen Baumstämmen niederfallen. Die alte Frau trat an das Fenster, an dem Valerie saß. Der bleibe nicht liegen, der Boden sei noch zu weich, sagte die alte Frau. Der erste Schulwinter, sagte Valerie, ohne aufzusehen. – Sie denke an das Kind und an seinen Schulweg, sagte die alte Frau. – Sie werde ihm auf dem Heimweg entgegengehen, sagte Valerie. – Andreas gehe doch mit den anderen Kindern, sagte die alte Frau, wie ihre Kinder es getan hätten. Valerie antwortete nicht. Sie hielt das Stopfholz mit dem darübergezogenen Strumpf nahe an die Augen. Die alte Frau wollte sagen, sie, Valerie, sehe schlecht, sie müsse zum Arzt gehen, sagte aber nichts. Im Vorhaus wurden Schritte vernehmbar, Valerie zuckte zusammen und beugte sich tiefer über die Arbeit. Die Küchentür wurde geöffnet, man hörte, wie jemand einen Korb, der schwer war, auf den Steinboden stellte, und dann das Geräusch von aneinander reibenden Holzscheiten. Andreas Doblauer brachte Brennholz in die Küche. Die Frauen schwiegen. Die alte Frau war am Fenster stehengeblieben, Valerie hielt das Stopfholz nahe an die Augen, beide horchten sie auf die Geräusche und warteten, daß sie verstummten und Andreas Doblauer sich entfernte. Es schneite dicht.

III

Gestern hatten wir eine Taufe, ein Mädchen, Gudrun. Ich erwähne es, weil es ungewiß war, ob es dazu käme. Der Vater des Kindes, ein Funktionär der Partei, war dagegen, seine Frau, die Mutter, kam zu mir in den Pfarrhof und sagte, sie hätten ein Mädchen zu taufen, aber ihr Mann, der Vater, sei dagegen. Es hatte keinen Sinn, Fragen zu stellen, denn die Frau sagte alles eindeutig, und aus ihrem Benehmen erkannte ich, daß sie sich keinen Rat mehr wußte. Ich riet ihr zu warten, sie könne in der nun folgenden Zeit guten Einfluß auf ihren Mann ausüben. Sie sagte, das glaube auch nur ich, sie habe es zwei Monate lang versucht, es sei zwecklos. Ich sagte, dann würde ich mit ihrem Mann reden. Sie stellte keine Frage, verabschiedete sich, machte zweifelnde Bemerkungen, und ich ging in mein Zimmer zurück und dachte, jetzt müsse ich mir etwas einfallen lassen.

Zwei Wochen lang dachte ich nach, es war, als stehe ich vor einer Mauer, dann versuchte ich, diese Mauer mit meinem Gebet zu untergraben oder zum Einsturz zu bringen. Vor jeder sachlichen und praktischen Überlegung scheute ich zurück, an den Mann heranzukommen schien mir unmöglich, solange die Mauer dastand. Auf dem Weg zu einem Kranken sah ich die Frau des Funktionärs auf mich zukommen. Ich blieb erschrocken stehen und dachte, verteidige dich nicht, du hast versagt. Bei mir angelangt, lächelte sie und sagte, es habe etwas genützt, und ich wußte, daß wir jeder etwas anderes meinten, sagte aber nichts. Ihr Mann sei einverstanden. Dann machten wir den Tag der Tauffeier aus, und gestern, wie gesagt, tauften wir das Kind. Der Vater war nicht dabei, nur die Mutter und die Patin. In der kleinen Predigt sagte ich nicht, daß Gott die Mauer niedergerissen habe, deutete nur an, daß es für Gott die Zeit nicht gebe, daß er aber wisse, wann sie komme, für jeden von uns. Darf ich so unbescheiden sein und die Umstimmung des Mannes auf mein Gebet zurückführen? Ich will nicht daran denken. Doch das Ereignis gibt mir wieder Kraft und Auftrieb.

In diesem Zustand beschließe ich, meinen evangelischen Kollegen, Pastor Wohlschläger, aufzusuchen, der zwar jünger ist, was aber jetzt nichts zu sagen hat. Die Gründe, warum er nicht zu mir kommt, sind zutreffend: alle haben wir das Bedürfnis, nicht aufzufallen, nicht aus Feigheit, sondern aus der Überlegung, den »Löwen« nicht zu reizen. Ich lebe vor den Augen der Öffentlichkeit, denn jeder, der zu mir will, muß mitten ins Dorf, während die evangelische Kirche der Nachbargemeinde, tief in einer Hügelmulde und das Dorf, dem sie eingemeindet ist, oben am Hügelkamm liegt.

Aufmerksam wurde ich auf Pastor Wohlschläger, obwohl ich ihn schon lange kenne, bei einer Hochzeitsfeier in meiner Gemeinde. Da die Braut evangelischen Bekenntnisses war, hatte man Wohlschläger zur katholischen Feier eingeladen, eine Tatsache, die früher nicht bestand, und worauf Wohlschläger anspielte, als er zu mir sagte, die Gefährdung habe auch ein Gutes, sie vereine Geister, die früher nicht zu vereinen gewesen seien. Ich beschloß, ihn aufzusuchen.

Neben dem Pfarrhof, der an die Kirche angebaut ist, befinden sich eine Schule und ein Haus, eine kleine Krämerei. Ein vor dem Krieg häufig besuchtes Gasthaus liegt in der Nähe, jenseits der Straße, die in einem Bogen, knapp an der Kirche vorbei, bergauf führt. Ich brauche, um zum Pfarrhof zu gelangen, nicht an einem dieser Häuser vorbeizugehen; da ich vom anderen, dem Dorf gegenüberliegenden Hügelkamm herabkomme, verlasse ich bei der Kirche die Straße, gehe zwischen Kirche und Friedhof, der sich hinter der Kirche den Hügel hochzieht, den Weg an der Kirchenmauer weiter, auf dem ich direkt zur Haustür des Pfarrhofes gelange.

Es ist Winter, und ich nehme an, niemandem zu begegnen. Der Schnee auf der Straße ist hart, es scheint schon ein paar Tage die Sonne, die den Schnee, wegen der gleichmäßig anhaltenden Kälte, nicht schmilzt. Ich gehe Richtung Nordwesten, durch die Ebene, das Licht auf der Schneefläche blendet, man kann weit sehen, deutlich erkennen und Geräusche vernehmen. Die Straße, die sich in weitläufigen Schlingen dahinzieht, ist glatt, ich gehe am Rande, um den glatten Stellen auszuweichen. Ich drehe mich um. Das Dorf liegt schon weit hinter mir, auch das Schloß, ich sehe es schwach im Dunst über der weißen Fläche. Vor mir der Weiler Pilsing, zwei, drei Höfe, dazwischen kleinere Häuser. Durch diese Ebene zu gehen, bringt eine Erfahrung; überall dort, wo man das Ziel nicht sichtbar vor sich hat, erfährt man das nicht: das Gefühl des Ausgesetztseins, der Deckungslosigkeit, dann der Bewegung auf der Stelle; es hält so lange an, bis ein gewisser Streckenabschnitt überwunden ist, was man von dem Ziel ablesen kann, das man immer vor sich hat; es rückt näher, während der unberechtigte Zweifel aufkommt, ob man es auch erreichen wird; dann erkennt man plötzlich die Gebäude genauer, Türen und Fenster und andere Merkmale, etwa einen Scheiterstoß unter dem weit vorspringenden Dach. Die Straße, der man nicht ausweichen kann, weil es die einzige ist, führt auch in Windungen durch den Weiler, nahe an Fenstern vorüber, hinter denen ich Bewegungen zu sehen glaube, ich höre das Schlagen einer Tür, deutlich in einem der Höfe Hammerschläge, die in der klaren Luft durch den ganzen Weiler schallen.

Nun geht es bergauf. Ein Gespann, ein Pferd vor einem Blochschlitten, auf dem Fichtenstämme geladen sind. Der alte Mann, der neben dem Schlitten hergeht, die Leitseile in der Hand, zieht den Hut und lächelt. Ich kenne ihn, tue das gleiche, bleibe stehen und sage, als der Alte an mir vorübergeht, immer fleißig, worauf er sagt, es müsse sein, eine übliche Entgegnung. Die Steigung wird größer, der Weiler bleibt zurück, zur Linken der Bachlauf mit Weiden, Eschen und Eichen. Das Gelände stuft sich, auf jeder Stufe die gleichen Laubbäume, jetzt kahl, im Boden Verwerfungen, gegen Osten ein tiefer, sich weithin ziehender Einbruch, aus dem mächtige halbe Bäume aufragen. Der Bach hat einen Mäanderlauf, die Straße weicht ihm aus, er verschwindet kurz, kommt zur Straße zurück, Windbrüche stehen überall. Der Hang ist ein Nordhang, ich kenne die Straße, weiß, wohin sie führt und durch welche Landschaft. Dennoch bin ich überrascht, wie immer, vom Wechsel dieser Landschaft; die Eindrücke sind so vielfältig, daß sie das Gedächtnis nicht genau aufbewahren kann, und so kommt es, daß man immer wieder Neues, noch nie Gesehenes zu entdecken meint. Auf halbem Hügel teilt sich die Straße. Ich gehe nun direkt nach Westen. Eineinhalb Stunden unterwegs, sage ich laut zu mir, nachdem ich die Taschenuhr gezogen habe, etwas mehr als der halbe Weg.

Die Landschaft öffnet sich, die Straße führt durch einen verbreiterten Hohlweg, bewaldete Abhänge links, sanfte Einbrüche rechts, darüber ein blauer Himmel, Häuser zu beiden Seiten der Straße, und je höher ich steige, umso näher rücken die Einbrüche, und der letzte gibt die Sicht ins Tal frei, darüber hinaus auf das steil ansteigende Granitplateau im Dunst, jenseits des Stromes, den man nicht sieht. Die Häuser hier sind mir bekannt, die Menschen nicht. Da ich Zivilkleider trage, wird mich niemand als Priester erkennen. Nun die letzte Steigung, die auf einem bewaldeten Kamm endet. Die Beine werden schwer, ich bleibe stehen, verschnaufe und sehe mich um. Ich sage mir, ein schöner Gang, der mir als Trost bleibt, sollte Wohlschläger nicht zu Hause sein. Gebäude und Menschen hier mugeln sich ein und werden von der Welt vergessen. Auch kein Unglück, denke ich und zweifle im selben Augenblick, ob ich das als mein Glück bezeichnen würde. Langsam nehme ich die letzte Steigung. In den Beinen zieht es, das eigene Gewicht will mich zu Boden drücken, als hätte es sich verdoppelt. Ein kleiner Hof, Felder und Wiesen winzig und hängig. Ein Mann steht unter dem Tor, schaut zu mir herüber. Er schaut mir ins Gesicht, ohne sich zu regen. Nicht alle Tage geht hier ein Fremder vorüber, und ich spüre, daß mich der Mann einschätzt. Er rechnet nicht damit zu erfahren, wer ich bin und was ich hier mache; es genügt ihm, mich einzuschätzen. Das Mißtrauen spielt mit. Er schaut mir nach, bis ich verschwunden bin, denke ich, und drehe mich vor der letzten Straßenkehre um; der Mann ist weniger überrascht als ich. Aus der Straße wird ein Hohlweg, Birnbäume am Rand zu beiden Seiten, der Nadelwald nimmt mich auf, der Schnee am Straßenrand wird tiefer. Die Sonne dringt kaum durch die dichten Fichtenkronen. Oben auf dem Kamm gehe ich an einer Hausmauer entlang. Nach Süden eine Schneise, nach Nordwesten eine Hochfläche. Die Straße führt abwärts durch Nadelwald, und wo sie austritt, werde ich die Kirche sehen, tief im Tal. Wie es Wohlschläger aufnehmen wird? Es war bei Veranstaltungen, die jetzt nicht mehr stattfinden, daß ich den Kontakt mit ihm suchte. Wohlschläger, denke ich, sieht die Notwendigkeit oder auch nur die Möglichkeit anders, in Kontakt zu kommen. Ich bin leicht kleingläubig und empfinde die Komplexität des Menschen als etwas, das die Klärung verlangt, obwohl ich weiß, daß es eine Utopie ist. Ich werde die Persönlichkeit Wohlschlägers nicht klären, ich komme, um über etwas zu sprechen, was außerhalb uns liegt, uns aber betrifft und worüber ich einmal sprechen muß. Es ist ein Unterfangen, von dem ich nicht weiß, wie es verlaufen und enden wird. Ich setze mich aus, fordere auch den anderen dazu auf. Jetzt, da ich nahe daran bin, werde ich aufgeregt. Noch könnte ich umkehren, es wäre Zeit. Ich gehe weiter, werde nicht kneifen.

Die Straße fällt in einer Kehre steil ab, der anhöhige Friedhof, die Kirche unterhalb, das angebaute Wohnhaus, kleine Fenster hinter Weinranken. Ein Pfarrhaus aus Erzählungen des vorigen Jahrhunderts. Dann bin ich auf dem Weg zwischen Kirchenmauer und Friedhofgitter und stehe vor der Haustür. Ein Glockenzug. Ich habe die Hand am Griff, da dringt aus der Kirche nebenan Orgelmusik, und ich überlege, ob ich sie nicht schon beim Näherkommen gehört habe. Kann mich aber nicht erinnern. Ich bin nicht sehr musikbewandert, doch ich vermute, der Organist spielt Bach oder einen Zeitgenossen. Entrückend. Dies und die Tatsache, wie ich hierher gelangt bin, und die Lage der Pfarrei, als existiere sie in diesem Rahmen außerhalb der Gegenwart, bringen mich in eine seltsam befreite Stimmung. Da ziehe ich am Griff, höre das Bimmeln im Haus. Die Orgel wird weitergespielt. Schritte über eine Holzstiege, auf dem Steinboden des Vorhauses, menschliche Schritte, denke ich und muß lächeln über meine ausgefallenen Gedanken. Das Geräusch des Riegels, hinter der nur einen Spaltbreit geöffneten Haustür das Gesicht eines Mädchens. Bitte, sagt sie und zögert, die Tür weiter zu öffnen. Ob ich Pastor Wohlschläger sprechen könne, sage ich. Das Mädchen darauf, wen sie melden dürfe. Pfarrer – ich sage meinen Namen – aus der katholischen Nachbargemeinde. Ich solle eintreten, sagt das Mädchen, öffnet die Tür zum nächsten Raum, ich möge hier in der Kanzlei warten, sie werde mich melden.

Sie kommt nur bis zur Hälfte der Stiege, da höre ich sie etwas sagen, jemand antwortet und geht an ihr vorbei ins Vorhaus herab. Es ist Pastor Wohlschläger. Er reicht mir lächelnd die Hand, fordert mich auf, mit ihm in den ersten Stock zu kommen. Er trägt einen mitgenommenen schwarzen Anzug. Wir treten in ein Zimmer mit wenigen Möbeln, nehmen an einem runden Tisch Platz. Über mein Kommen ist er nicht verwundert, fragt nicht, wie ich hierher gelangt bin, auch nicht, was mich zu ihm führt. Schon spricht er über den Begriff der christlichen Gemeinde, greift aus in die Diaspora, sagt, gerade hier erlebe er den wahren Zusammenhang der Bedeutung der Gemeinschaft einer, er möchte sagen, Pfingstgemeinschaft, also der Urgemeinde. Das Verhältnis sei umso eingestimmter, je gefährdeter es sei. Ich höre zu, schweige, und als er bemerkt, daß ich den Kopf zur Seite drehe, sagt er, seine Frau spiele auf der Orgel. Ich nicke und finde kein Wort der Erwiderung. Meine Müdigkeit, die ich noch beim Hinsetzen spürte, verfliegt. Ich warte, daß Wohlschläger weiterspricht, den ich nicht so sprechbereit erwartet habe.

Man möchte glauben, fährt er fort, daß der einzelne in dieser Zeit und wegen ihrer Auswirkungen schwerer erreichbar sei als früher, doch diesen Umstand hebe die Tatsache auf, daß, je unerreichbarer jemand zu sein scheint, dieser merk- und sichtbarer der Gemeinschaft zustrebe. Dann führt er aus, inwiefern diese Merk- und Sichtbarkeit besteht, während ich seine Probleme mit den meinen vergleiche, die im Grunde andere sind; dabei denke ich, wir leben in derselben Zeit und nur ein paar Kilometer voneinander entfernt und erfahren grundlegende Dinge ganz anders. Meine Gemeinde ist einerseits gut, andererseits weniger durchschaubar, das kommt, weil sie vielköpfiger ist, und was Wohlschläger sagt, ist mir nicht neu, doch es geht mir um anderes, und ich warte, daß er es streift, heraushören kann ich es, insbesondere als er sagt: und das trotz der Gefahr, die man zwar ignorieren, aber nicht leugnen könne. Er führt Beispiele an, ohne die Gefahr zu nennen, und ich ziehe Vergleiche mit mir, mit meiner Gemeinde und weiß, daß wir mit dieser Gefahr zusammenleben.

Ich lasse ihn reden, gleichfalls mir anmerken, daß ich etwas auf dem Herzen habe und gern sprechen möchte. Noch weiß ich nicht, ob er es merkt, und als er eine Pause macht, sage ich ohne direkten Zusammenhang, auf seine Worte zurückkommend, daß es mir nicht möglich sei, die Gefahr zu ignorieren. Er nickt und verstummt, als sei er bereit, mir zuzuhören. Die Gefahr sitze mir im Nacken, ich könne nicht ausweichen, täglich werde ich mit ihr konfrontiert, es liege nicht bei mir, mich ihr mehr oder weniger auszusetzen, denn die Ursache stehe vor der Haustür. Das Unrecht, das Verbrechen, das an Mitmenschen begangen werde, die Tötung durch Mißbrauch der Macht. Ich merke, daß Wohlschläger Bescheid weiß, und das macht mich kühner, und doch glaube ich den Ausdruck von Überraschung und Erschrecken in seinem Gesicht zu finden, weswegen ich ihn aber nicht verschonen kann. Ich schildere meinen Alltag, die Begegnungen, das Erlebte und Beobachtete, das bestimmt wird – was mir beim Erzählen sehr deutlich ins Bewußtsein dringt – vom Schloß, wie überhaupt das Leben des ganzen Dorfes vom Schloß beeinflußt ist, ob es der eine oder andere wahrhaben will oder nicht. Wohlschläger findet mein Besteigen des Turmes nicht komisch. Doch er läßt mich nicht zum Abschluß kommen, ich merke es, versuche pausenlos Wort für Wort auszusprechen, hole rasch und tief Atem und rede beim Ausatmen mit einem überwältigenden Schwall: ich sei gezwungen, alles genau zu verfolgen und als Chronist zu wirken, schweigend, wie der Mönch in der Zelle, trüge mich aber mit dem Gedanken, eines Tages zu sprechen und erwartete diesen Tag nicht, um mich für das Aufgezwungene zu rächen oder diesem ohnmächtigen Tun ein Ende zu setzen, als vielmehr unser Dasein in Sünde zu bestätigen.

Pastor Wohlschläger rückt mit seinem Stuhl, verschränkt die Arme vor der Brust. Dann sagt er fast leise: Und, was ich meine, daß dabei herauskomme? Hier, in den Zeiten der Ohnmacht mit der ungewissen Zukunft. Es gehe im allgemeinen um die spezifische Grundhaltung des Menschen, und wenn sie überschritten werde, sei es zu spät; der Stein rolle. Mit menschlichen Mitteln müsse das Geschehen aufzuhalten sein, mit rechtlichen, das bringe nur eine flaue Genugtuung. Was geschehen sei, wäre nicht ungeschehen zu machen, man müsse, wie gesagt, die Haltung ändern, um das weitere zu verhindern, die spezifische Grundhaltung wiederfinden, die wir doch auf einem langen Leidensweg gewonnen hätten. Er schaut mich eine Weile schweigend an und fährt langsam fort: Ich, er nennt meinen Namen, würde zum Märtyrer werden, ohne einem Opfer das Leben gerettet zu haben. Von den Rädern erfaßt, werde man weitergedreht und nicht gefragt, könne nichts sagen, sich nicht verteidigen, werde pauschal abgeurteilt, kaltgestellt, es bliebe einem nur die Rechtfertigung, nach Glauben und Überzeugung gehandelt zu haben, und das fördere die Genugtuung derer, die töten, die beispiellose Selbstaufopferung beim einen oder anderen der Feinde eine uneingestandene Achtung. Vielleicht seien solche Opfer zur Wiedererlangung der besagten Grundhaltung nötig, aber er denke nüchterner, weniger emotional und hoffe, damit seinen Teil beizutragen, dem man keine bewundernswerte, vielleicht achtenswerte Haltung beilegen könne, die so häufig sei, daß sie kaum ins Gewicht falle, wenn der Augenblick zu handeln gekommen sei – er beugt sich zu mir –, um zu retten, was zu retten sei.

Ich verstünde ihn, sage ich, und lege eine Pause ein. Ich möchte sagen, er sitze hier, hinter dem Schirm der Abgeschiedenheit und lauere auf den Tag Null, sage aber, ich befände mich in einer anderen Lage, sehe mich täglich der fehlgeleiteten Grundhaltung gegenüber, um sein Wort zu gebrauchen, dem Tanz des Bösen, der Mißachtung des Menschen, der Rückkehr ins Mittelalter. Ich schweige wieder, merke, daß mich Wohlschläger nicht unterbrechen will, und fahre fort, es verletze mich, bereite mir physischen Schmerz, mache mich krank, und – Zweifel suchten mich heim, deren ich mich schämte, weil ich sie als Priester nicht aufkommen lassen dürfte. Wohlschläger sieht mich verständnisvoll und etwas mitleidig an. Er bewundere mich, sagt er, aber das helfe mir wenig; vielleicht bestärke es mich, wenn ich es wüßte.

Ich achte nicht darauf, als das Orgelspiel aussetzt, horche aber in die Stille hinein und schaue ins Fenster: blattloses Weingerank und die durch den steilen Hang nahe herangehobenen verschneiten Gräber und Kreuze. Ich sage, es werde Zeit für mich, den Rückweg anzutreten, da hören wir Schritte, die Tür geht auf, eine Frau tritt ein, klein, zart und blond, Wohlschläger sagt, meine Frau. Ich bin aufgestanden, verneige mich, und als ich aufsehe, steht die Frau ganz nahe neben mir und lächelt. Ich sage, ich habe sie auf der Orgel spielen gehört. Die täglichen Übungen, sagt sie, um geläufig zu bleiben. Sie bereite einen Tee, sagt sie zu ihrem Mann. Der nickt und sagt zu mir, solange solle ich noch bleiben. Ich setze mich wieder hin. Die Frau geht hinaus, Wohlschläger und ich sehen uns an. Er müsse in diesem Zusammenhang noch von einem Pfarrkind sprechen, sagt er, der Arzt habe Paranoia konstatiert, eine sehr ruhig wirkende, noch junge Frau, Bäuerin im Weiler Rothen, komplizierte Familienverhältnisse, in die sie hineingeheiratet habe, sie selbst habe einen Trinker zum Vater, komme aus einem Nachbarort. Aus der Heil- und Pflegeanstalt, in der sie gewesen sei, habe man sie entlassen, worüber er sehr erstaunt sei und sich vorstellen könne, daß dieser Art Justiz ein Fehler unterlaufen wäre, den er gutheiße, was aber nicht sage, daß man ihn eines Tages nicht bemerke und die Frau endgültig hole. Sie heiße Valerie Doblauer, der Hof befinde sich hinter der ersten Anhöhe im Westen. Er spreche davon, weil ihn die Sache bedrücke und um ein Beispiel zu erbringen für die Unmöglichkeit, dagegen etwas zu tun.

Auf dem Heimweg, es bricht die Dämmerung herein, bleibe ich am Waldrand oben stehen und schaue gegen Westen; die Dächer der Höfe sehen alle gleich aus, und ich bin überzeugt, die meisten Höfe in diesem Umkreis sehe ich gar nicht zwischen den vielen Einbrüchen der Hügelkette. Der Schatten auf den Schneeflächen, besonders an den Waldrändern, erhält in diesem Licht eine bläuliche Färbung. Ich denke an die junge Frau, ich weiß nichts, doch eigentlich weiß ich alles und bin überzeugt, daß es Wohlschläger erleichtert hat, davon zu sprechen, die Angelegenheit mir zu übertragen. Ich werde sie bewahren. In dem gleichmäßigen Licht sehe ich hoch oben einen Habicht kreisen, ich merke, daß er im Kreisen an Höhe gewinnt, dann gleitet er in einem weiten Bogen abwärts, stößt nieder, fängt sich und rüttelt über der Schneefläche. Ich schaue ihm eine Weile zu.

4

Maria Doblauer trug den rohrgeflochtenen Reisekoffer in der Rechten, und mit der Linken hielt sie die Hand ihrer kleinen Tochter. Die versuchte sich loszureißen, als sie sich umdrehte und zurückschaute. Ihre Mutter hielt sie fest und schaute sich nicht um. An ihrer Seite ging Valerie. Maria hatte zu Valerie gesagt, ob sie ein Stück mit ihr und Klara gehe. Valerie war sofort dazu bereit gewesen, als sei sie entschlossen und habe darauf gewartet, von ihrer Schwägerin aufgefordert zu werden, und selbst nichts gesagt, um nicht die Einwände ihres Mannes oder der Mutter auszulösen.

Eine Zeitlang gingen sie schweigend nebeneinander, hörten auf das Geplauder des Kindes, das aussprach, was es sah und dachte, fragte und sich die Antworten selbst gab, wenn es sie nicht bekam. Dann sagte Valerie, Maria werde wohl nicht mehr zurückkommen. Da habe sie recht, sagte Maria, es sei besser so. Und Andreas, sagte Klara, was werde er ohne sie machen. Es dauerte eine Weile, bis sie von ihrer Mutter die Antwort bekam, der gehe schon zur Schule und habe dort viele Kinder. Ob es auch einmal zur Schule gehe, fragte das Mädchen. Ja, es gehe in der Stadt zur Schule, dort gebe es noch mehr Kinder. Valerie seufzte laut und murmelte hinterher ein paar Worte. Maria betrachtete sie von der Seite, wollte stehenbleiben, da aber Valerie weiterging, sagte sie beschwichtigend, es werde alles beim alten bleiben, Valerie brauche sich keine Sorgen zu machen. Die Mutter habe eingesehen, daß sie bei ihrem Sohn, dem sie alles habe durchgehen lassen, auf die falsche Karte gesetzt habe. Ihr Bruder, sagte Maria, habe alles an sich gerissen und müsse nun zusehen, wie alle Brücken hinter ihm einstürzten.

Sie gingen schweigend weiter. Das Mädchen wandte sich um. Das Haus sei noch zu sehen, sagte es. Niemand gab ihm Antwort. Dann blieb es plötzlich stehen, als wollte es nicht mehr weitergehen. Seine Mutter zog es mit sich. Das Kind sagte, nun könne es das Haus nicht mehr sehen. Es werde viele und große Häuser sehen, sagte seine Mutter. Wo, fragte das Mädchen, und seine Mutter sagte, in der Stadt. Was die Stadt sei, fragte das Kind. Ein großer Platz, auf dem viele Häuser stünden, in denen viele Menschen wohnten. – Ob die Menschen böse seien. – Es gebe überall gute und böse Menschen. – Tante Valerie sei ein guter Mensch, sagte das Kind. Es erhielt keine Antwort. Valerie sah das Mädchen an und lächelte. – Warum Tante Valerie nicht in die Stadt mitkomme. – Sie müsse bei Onkel Andreas bleiben. – Onkel Andreas sei kein so guter Mensch wie Tante Valerie. – Aber sie sei seine Frau. – Ob sie, die Mutter, auch eine Frau sei. – Ja. – Aber sie habe doch keinen Mann. – Nicht jede Frau habe einen Mann. – Aber Andreas habe einen Vater. – Ja, das sei richtig, aber es könne noch nicht alles verstehen, sagte seine Mutter.

Valerie blieb stehen, auch die anderen blieben stehen. Valerie hockte sich vor das Kind hin und sagte, es werde in der Stadt, wo es viel zu sehen und zu hören gebe, alles hier vergessen. Das Kind sagte: Auch dich? Auch mich, sagte Valerie. Das Kind fiel der am Boden hockenden Frau um den Hals. Sie müßten weitergehen, sagte Maria. Valerie erhob sich, und das Kind ließ los.

Sie gingen durch einen Hohlweg, der zu beiden Seiten von Birnbäumen bestanden war. Valerie ging langsamer und blickte um sich. Einmal sei er hier hinter einem Baum gestanden und habe ihr aufgelauert, sagte sie plötzlich. Maria antwortete nicht gleich, sagte dann ruhig, Andreas werde ihr nichts tun, die Mutter werde sie schützen. Sie wisse nicht, sagte Valerie, warum sie das Dorf verlassen habe, nun könne sie nicht mehr zurück, und niemand komme von dort zu ihr. Maria suchte nach einer Antwort, blickte auf das Kind, das einen Schmetterling zu fangen versuchte, und sagte, Valerie dürfe nicht meinen, sie, Maria, habe es leicht. Was sie in der Stadt, in dem Gasthaus erwarte, wisse sie nicht, sie sei gefaßt, ganz von vorne zu beginnen, und das sei hart, denn niemand schenke einem etwas. Man sei unter lauter fremden Menschen. Warum sie fortgehe, sagte Valerie. Es sei kein Platz für sie daheim, sagte Maria, insbesondere seit der Vater weggegangen sei. Alle seien sie nun weg, sagte Valerie. Der

Vater sei der Bauer gewesen, sagte Maria, und zum Knecht geworden, und sie, Maria, habe der Bruder wie die niedrigste Magd behandelt. Valerie sagte nichts. Maria merkte, daß sich hinter der Stirn Valeries etwas zusammenbraute. Es tat ihr leid, daß sie Valerie zum Mitgehen aufgefordert hatte; es war schwierig mit ihr, man konnte sie treffen, wo man es nicht vermutete, und oft war es unvermeidlich, weil aus Valeries Verhalten nicht zu entnehmen war, was sie dachte oder im nächsten Augenblick sagen würde. Am besten sei zu schweigen, dachte sie. Valerie ging mit gesenktem Kopf neben ihr her, die Hände vorne unter der Schürze gefaltet. Maria wußte, Valeries Angst vor dem Bruder war zur Zwangsvorstellung geworden, und die konnte niemand abschwächen als der Bruder selbst; doch er war grob und gewalttätig, Eigenschaften, die Maria durch ihr Verhalten ihm gegenüber herausgefordert hatte; bei Valerie war es die Unbestimmtheit, die ihrer Krankheit entsprang, die ihn grob und gewalttätig machte, womit er seine Schwäche verdeckte.

Maria hatte dieses Verhalten auch bei anderen Männern gekannt, so beim Vater von Klara. Mit ihm war sie anfangs gut zurechtgekommen, als sie noch nicht schwanger war und während der Schwangerschaft, doch gegen das Ende hatte er ein Verhalten gezeigt, als sei die Welt, die sich mit einer Frau und einem Kind auftat, zu eng für ihn, er ging abseits und hatte solche Gewissensbisse, daß er ungehalten und brutal wurde. Sie hatte sofort gemerkt, was nicht stimmte. Er gab ihr die Schuld; sie habe ihn getäuscht. Später versuchte sie sich zu erinnern, wann und unter welchen Umständen sie davon gesprochen hatte, wie er behauptete, daß sie den Hof bekomme. Der Vater hatte sich mit dem Gedanken getragen, ihr den Hof zu übergeben, aber der Gedanke war von Anfang nicht in die Wirklichkeit umsetzbar; der Vater hatte ihn als Ausweg erwogen, als offenkundig war, daß ihr Bruder Andreas, der als Hoferbe vorgesehen war, spielte und trank. Die Mutter war die alleinige Besitzerin. Die Familie spaltete sich in zwei Parteien, und wenn der Sohn durch seinen Leichtsinn Zweifel an der Richtigkeit aufkommen ließ, Erbe des Hofes zu werden, gab sie, die Tochter, ebenfalls Anlaß, als sie schwanger wurde und bekannt war, wer der Vater des Kindes sei; ein Zugelaufener, hieß es, der in der Stadt einige Arbeitsplätze gehabt und verloren hatte. Er war einmal auf dem Hof gewesen; man hatte ihn geschnitten, nur der Vater hatte ein paar Worte mit ihm gewechselt. Maria ging ein Stück Wegs mit ihm, als er den Hof verließ. Sie war im fünften Monat schwanger. Sie hatten mit keinem Wort die Zukunft erwähnt. Für sie stand fest: sie würde das Kind austragen und auf dem Hof bleiben, solange es möglich war.

Valerie hatte zu reden begonnen und sah Klara an. Andreas werde sie vermissen, wenn er von der Schule heimkomme. Klara schaute zu ihr auf und fragte, was sie zu ihm sagen werde, wenn er merke, daß sie, Klara, nicht mehr hier sei. Sie werde ihn einmal besuchen, sagte Valerie. Alle drei spürten, wie fern diese Möglichkeit oder wie wenig sie in Betracht zu ziehen war. Es sei besser, sie kehre frühzeitig um, bis zum Bahnhof hätten sie noch ein Stück zu gehen, sagte Maria zu Valerie. Sie bekam nicht gleich die Antwort. Dann hörte sie, wie Valerie leise sagte, den letzten Weg mit ihnen – und der Rest des Satzes blieb unhörbar. Valerie habe Angst, dachte Maria, allein zurückzugehen, und zögere die Umkehr hinaus. Aber sie könne nicht mehr mit ihr zurückgehen, sagte Maria, und bereute, daß sie es gesagt hatte; sie hatte zu Valerie wie zu einem Kind gesprochen. Valerie sah sie einen Augenblick zweifelnd an und fiel diesmal in ihren Gleichmut zurück.

Sie gingen durch den Wald. Maria kannte den Weg; wenn der Wald zu Ende war, würden sie ins Tal sehen, durch das die Bahn führt. Wie oft war sie diesen Weg gegangen! Als Kind mit den Eltern, später mit dem Vater, beladen mit vollen Körben, um das Obst in die Stadt zu bringen. Man mußte sehr früh am Morgen von zu Hause aufbrechen, um am frühen Vormittag in der Stadt und auf dem Markt zu sein. Ihren schwersten Weg war sie allein gegangen, als Klara im Kommen war. Man hatte sie nicht aufgeklärt oder darauf vorbereitet, und sie hatte aus falscher Scham oder aus Trotz nicht gefragt; die Mutter hatte hin und wieder ein Wort fallenlassen, vielleicht in dem Bedürfnis, ihr zu helfen, aber es hatte nie so ausgesehen; der Vater hatte geschwiegen.

Sie war mit ihm auf dem Feld, um die Rübenpflanzen zu harken, als sie das Abgehen des ersten Fruchtwassers spürte. Sie sagte immer noch nichts, sah zum Vater hinüber, der am anderen Ende des Feldes arbeitete. Hatte sie rufen wollen? Es kam ihr seltsam vor, was plötzlich mit ihr geschah. Sie wußte, was es war, spürte es, konnte nicht sagen, wie es weitergehen werde, bekam Angst, machte ein paar Schritte, blieb stehen und rief den Vater. Der hörte sie nicht gleich. Als er sie hörte, blieb er in der gebückten Stellung und sah zu ihr hin. Sie winkte ihm. Er kam mit langen, vorsichtigen Schritten, wegen der Pflanzen, auf sie zu. Sie sagte, was los sei. Er sah sie ratlos an, blickte auf den Hof und sagte, es sei besser, sie gehe gleich los. Sie wußte, was er meinte. Sie hatten ausgemacht, daß sie, wenn es soweit sei, mit der Bahn in die Stadt fahre und die Klinik aufsuche, um das Kind dort zu gebären, denn daheim sei niemand, der für sie Zeit habe. Die Begründung, das wußte Maria, war eine Ausrede; es machte zu viele Umstände, wenn sie daheim gebar. Sie brauche Wäsche zum Wechseln, Nachthemd und Waschzeug, sagte sie zum Vater. Der wandte sich zum Gehen, sagte nach einigem Zögern, ob sie schon Wehen habe, und sie dachte, Wehen, wie ist das, Kühe haben Wehen, also auch Menschen. Man hatte ihr nie etwas von Wehen gesagt; man sprach ein Wort erst dann aus, wenn es notwendig war, und vieles war nicht notwendig oder unaussprechbar. Sie sagte nein und stellte sich vor, daß das, was sie spürte, keine Wehen waren, sah dem Vater nach, der rasch auf den Hof zuging. Sie hockte sich nieder, setzte sich auf die Erde, den langen Rock unter das Gesäß geschlagen, zwischen den aufgestellten Schenkeln mit den Armen den Rock an die Oberschenkel pressend, die Absätze der hohen Schuhe in die weiche, trockene Ackererde gebohrt. Sie schaute hinter dem Vater her, auch als sie ihn nicht mehr sah. Es war ihr alles ein wenig gleichgültig, aber ihre Sinne waren gespannt. Hoch oben hörte sie das Brummen eines Flugzeuges, sie hatte es oft gehört, wenn sie gebückt im Felde stand oder mit einem Rechen hinter dem Fuhrwerk her über die Wiese ging, eingespannt in die gleichmäßige Tätigkeit, die ihr die Lust nahm, sich nach etwas umzusehen. Sie starrte lange auf den Hof, bis sie das Flimmern bemerkte, und sie wußte, daß dieses Flimmern von der warmen Luft herrührte, die über dem Acker lag. Beim Hof rührte sich nichts. Der Vater werde lange brauchen, bis er alles gefunden habe, etwas vergessen oder nicht das Richtige bringen; jetzt spürte sie die Wärme zwischen den Schenkeln, die durch ihren Körper floß und unten aus ihr hinaus, wagte es nicht, sich zu rühren, und als sie die Schenkel ein wenig öffnete, wurde die Wärme kalt und feucht, sie stand auf, lockerte den Bund des Rockes, wandte die Hinterseite nach vorne. Auf dem Wollstoff war nichts zu sehen, doch jetzt spürte sie es an der Innenseite der Oberschenkel. Sie riß das Tuch vom Kopf, hob den Rock, stopfte das Tuch zwischen die Schenkel, und da sie bemerkte, daß es schon bis zu den Knien rann, trocknete sie es mit dem Tuch auf. Sie bereute, nicht sitzengeblieben zu sein, die Wärme war angenehm gewesen. Der Hosenboden war naß und begann abzukühlen. Rasch ließ sie die Hose herunter und schlüpfte heraus. Dann stopfte sie das Tuch wieder zwischen die Schenkel. Ratlos hielt sie die nasse Hose in der Hand. Auch bei den Kühen komme zuerst das Fruchtwasser, dachte sie. Sie war noch nie bei der Geburt eines Kindes dabeigewesen, niemand hatte ihr den Vorgang geschildert, aber sie hatte das Kälbern der Kühe miterlebt, und sie erinnerte sich an alles ganz genau. Während sie so dastand und in sich hineinhorchte, gewahrte sie die Bewegung über dem Feld und sah den Vater kommen, der etwas in der Hand trug. Sie wandte sich um, hob den Rock, entfernte das Tuch und stellte fest, daß das Rinnen aufgehört hatte. Sie erwartete den Vater. Der stellte die Tasche vor sie auf den Boden und sagte, hier seien die Sachen, wobei er auf das Bündel sah, das sie in der Hand hielt. Er blickte sie ratlos an. Er solle das nasse Zeug mitnehmen, sagte sie und wiederholte, das Fruchtwasser sei abgegangen. Ja, sagte er und nahm das nasse Bündel entgegen. Er werde zur Bahn mitgehen, sagte er. Nein, sagte sie, das sei nicht nötig, er habe hier Arbeit genug, sie komme allein zurecht. Ob sie schon Wehen habe, sagte er. Bis die einträten, dauere es noch eine Weile, sagte sie, und dachte an die Kühe, die stundenlang im Stroh standen, bis die Wehen einsetzten. Sie beugte sich über die Tasche auf dem Boden, griff hinein, schloß sie und richtete sich auf. Sie sagte, sie werde sich beeilen, und hob die Tasche auf. Sie war nicht schwer. Das Geld für die Fahrkarte, sagte der Vater, und zählte es ihr in die Hand. Sie ging. Sie glaubte zu wissen, daß er das Geld schon lange zusammengespart hatte und nun erleichtert war, daß sie allein ging. Armer Vater! Das Gehen tat ihr gut, sie fühlte sich wie befreit allein, hörte den Wind in den Bäumen und wandte sich um. Der Vater stand im Feld, beschattete mit einer Hand die Augen, und sie bemerkte jetzt, daß er winkte: er hatte die andere Hand bis zur Körpermitte erhoben, die Finger offen und bewegte die Hand auf und ab.

Es war derselbe Weg, den sie nun mit Valerie und dem Kind ging. Valerie sah auf ihre Füße. Es komme ein Wind auf, sagte Maria, und erinnerte sich, daß sie das Rauschen des Windes damals als angenehm empfunden hatte – auch Wolken bildeten sich, es könne ein Gewitter geben. Das Gewitter fürchte sie nicht, sagte Valerie. Sie war nicht abzuschütteln. Maria begann ein neues Leben, wie, das wußte sie nicht. Sie hatte mit dem Vater gut zusammengearbeitet, und jetzt werde es anders sein; die Forderungen würden mehr, die Rücksichten weniger werden. Alles war ungewiß, und sie nahm es auf sich. Sie hatte Vertrauen, ergeben in etwas, das sie nicht kannte, und bereit, den neuen Umstand ihres Lebens anzunehmen; sie war es nicht gewohnt, zu wünschen, was sie nicht bekommen konnte, ergab sich und nahm, was sie erhielt. Klara hatte sich aus ihrer Hand gelöst und lief hinter den beiden her. Das Kind sprach laut mit sich selbst. Jedes hing seinen Gedanken nach. Damals hatte es ihr nichts ausgemacht, allein zu sein.

Der Weg sank ins Gelände, und sie konnte den Vater auf dem Feld nicht mehr sehen. Bei jedem Schritt, der ihren schweren Körper leicht erschütterte, hörte sie in sich hinein; manchmal spürte sie ein Ziehen oder Dehnen, als wolle sich der untere Körperteil vom oberen lösen, dann wieder war es ein Gefühl, als berührten die Füße, trotz des schweren Körpers, den sie trugen, kaum den Boden. Die

Tasche wurde immer schwerer in einer Hand. Der Wind hatte sich gelegt, die Bewölkung verdichtet. Sie dachte nicht an Regen, es war ihr gleichgültig. Das einzige, woran sie dachte, war der Weg. Das Gleichmaß ihrer Schritte schläferte sie ein, hin und wieder schloß sie ein wenig die Augen. Aus dem Wald tretend, sah sie im Tal die Bahngeleise auf dem Damm, der sich deutlich in der Ferne verlor. Eine Stunde noch, dachte sie und erinnerte sich an die Kühe, die im Stroh standen und immer unruhiger wurden, je länger es dauerte, und wie sie und der Vater auf Schemeln davorsaßen, oft nachts, um den Kühen zu helfen, wenn es notwendig wurde. Ab und zu mußten sie den Tierarzt holen, doch der wurde ungehalten, wenn man ihn zu früh holte, denn dann mußte er warten, bis die Öffnung am Hinterleib groß genug war und die Wehen so stark wurden, daß er, während die Kuh brüllte, mit dem Arm hineingreifen konnte, um das Kalb zu ziehen, weil es die Kuh nicht allein gebären konnte. Diese Vorstellung hatte für sie nichts Abschreckendes, jedermann hatte es genommen, wie es war, alles hatte seinen Gang, und das war auch aus dem Verhalten des Vaters zu spüren, er sorgte sich nicht übermäßig, denn die Geschehnisse, die natürlich eintraten, waren unabwendbar. Deshalb ließ man sie auch allein zur Bahn gehen, und sie nahm sich vor, sollten die Wehen einsetzen, sich ins lange, weiche Gras zu legen und zwischendurch wieder ein Stück Wegs zu gehen. Eigentlich hatte sie keine Angst; unbeirrt blickte sie ins Tal, auf den Bahndamm und auf die kleine Ortschaft, in der der Bahnhof lag, der langsam, im

Schnittpunkt der Geleise und der Straße, hinter der Dunstschicht deutlicher wurde. Sie hatte das Hartgeld, das ihr der Vater gegeben hatte, noch in der Hand, und wenn sie die Hand öffnete, war das Metall naß vom Schweiß. Sie unterschied genau das Zeichen; der aufsteigende und wieder entschwindende Schmerz kam nicht daher, weil ihre Füße in den hohen und derben Schuhen brannten; die Füße taten ihre Arbeit, ohne sich etwas anmerken zu lassen. Dieses Ziehen war in ihr, in ihrem Leib, ganz innen. Es kam in immer kürzeren Abständen, sie zählte die Abstände aus, und als sie an den Rand der Ortschaft gelangte, zählte sie nur mehr bis acht, dann fünf und drei. Nun betrat sie die Landstraße. Auf dem Schotter spürte sie jeden Tritt, Schweiß trat auf ihre Stirn. Das Innere der geschlossenen Hand und das Geld waren naß, sie stellte die Tasche hin, öffnete sie und ließ das Geld hineinrollen. Während sie die Tasche schloß, hörte sie die Stimme hinter sich; es war ihr unangenehm, weil der Mann dicht hinter ihr stand. Sie richtete sich auf und drehte ihm den Bauch zu. Die Tatsache, daß der Mann so dicht hinter ihr gestanden hatte, während sie sich bückte, und nun vor ihrem gewölbten Bauch stand, machte sie verlegen. Der Mann war alt und sagte, ob sie allein zurechtkomme, worauf sie sagte, was er ihr denn helfen wolle. Der Mann schüttelte den Kopf und blickte die Straße hinunter. Als sie sich umsah, gewahrte sie die Frau, die aus einem Garten kam. Die Frau war jünger als der Mann und nahm sie am Arm, ohne den Mann zu beachten. Maria überließ sich ihr, es war ihr sogar angenehm, daß sich jemand um sie annahm. Sie müsse zum Bahnhof, sagte sie zu der Frau. Als sie von der Straße zum Bahnhofsgebäude abbogen, sagte die Frau, sie habe wohl schon die Wehen. Maria nickte. In diesem Zustand werde sie wohl nicht mehr in die Stadt kommen, sagte die Frau. Der Beamte an der Kasse sah von einer Frau zur anderen, gab Maria die verlangte Fahrkarte und nahm das Geld. Er hatte Humor. Für alle Fälle eine Fahrt für Sie, sagte er, das Kind fahre gratis. Man brauche einen Platz für die Gebärende, sagte die Frau zu dem Beamten, dann könne man sie und das Neugeborene mit dem nächsten Zug in die Stadt transportieren. An die folgenden Ereignisse hatte sie nur undeutliche Erinnerungen: eine Wohnung im Bahnhofsgebäude, in einem Bett liegend, zwei Frauen um sich, und während die eine sie anhielt, die Beine aufzustellen und zu öffnen, faßte sie die andere an den Handgelenken, und die eine sagte immer, was wie Anweisungen klang und Maria sofort ausführte, bis ihr die Preßwehen das Gehör verlegten und sie nur hin und wieder ein Wort verstand, das sie nicht aufnahm und das Gefühl hatte, als trenne sich der untere Leib vom oberen. Die eine Frau, die sie an den Beinen hielt, habe das Kind aufgefangen, sagte man später. Maria hatte die Augen geschlossen und öffnete sie, als sie den Kindsschrei hörte. Eine der Frauen hielt es an den Füßen, mit dem Kopf nach unten, und legte es, eingewickelt in ein Tuch, neben sie, indem sie sagte, es sei ein Mädchen. Aus ihrem Dahindämmern rissen sie zwei Männer, die sie und das Kind auf eine Bahre legten, hinaustrugen und in den Güterwaggon eines Zuges schoben.

Klara hatte ihre Selbstgespräche eingestellt und war zurückgeblieben. Maria wandte sich nach ihr um, auch Valerie blieb stehen, ging dann auf Klara zu und sagte, nun müsse sie zurückgehen. Maria sagte laut ja, und, nach einer Weile, während sie zusah, wie Klara Valeries Knie umfaßte, sie werde bald schreiben. Es möchte auch zurückgehen, sagte das Mädchen. Valerie löste vorsichtig die Arme des Mädchens. Das fing ihre Hände, hielt sie am Daumen fest, zog daran und lachte, als Valerie ungeschickt ein paar Schritte zur Seite machte, um das Gleichgewicht nicht zu verlieren, nachdem das Mädchen losgelassen hatte. Maria reichte Valerie die Hand und ging mit Klara weiter. Valerie blieb stehen, schaute den beiden nach, hob eine Hand und machte damit die Gebärde des Winkens. Es erinnerte Maria an den Vater, als er ihr, im Feld stehend, nachgewunken hatte; es war die gleiche unbeholfene, scheue Geste.

IV

Beim Friseur im Dorf kann man den Gesprächen zuhören oder sich beteiligen, man ist gezwungen, ruhig zu sitzen und zu warten, und manchen ist es recht; sie machen den Eindruck, als hätten sie nichts Besseres zu tun, als hier zu warten, bis sie an der Reihe sind, und als verließen sie dann nur widerwillig den Laden. Auch ich bin gezwungen dazusitzen und zu warten, wenn ich es nicht vorziehe oder, um auszuweichen, die Möglichkeit nütze, in der Stadt zum Friseur zu gehen. Ich finde die Anonymität beim Friseur in der Stadt sehr angenehm, man wird nicht gefragt und braucht nicht zu reden, andererseits reizt es mich, im Dorf zum Friseur zu gehen, um den dort Wartenden zuzuhören.

Sie kennen mich alle und nehmen sich ein Blatt vor den Mund, wenn ich zwischen ihnen sitze; das sind die, die zur Kirche kommen oder mich, weil sie es von früher her gewöhnt sind, respektieren, dann gibt es die, die mich absichtlich übersehen, Funktionäre der Partei und Genossen, sich aber in der Regel hüten, ausfällig gegen mich, gegen den Glauben oder die Kirche zu werden; ich weiß nicht genau, woran es liegt, vielleicht haben sie das Bedürfnis, nicht aus dem Rahmen zu fallen.

Betrete ich den Laden, empfängt man mich mit Schweigen, dem ich zu begegnen versuche; bei der Begrüßung jedem einzelnen zunickend, setze ich mich. Doch das Schweigen ist nicht von langer Dauer, man führt ein Gespräch fort, was ich an der rückbezogenen Unmittelbarkeit erkenne, oder beginnt ein neues; es kommt vor, daß ein Sprecher einen Ton anschlägt, aus dem ich merke, daß er mich einbeziehen will. Er ist mir gut gesinnt, auch wenn er nicht zur Kirche kommt, oder er tut es aus schlechtem Gewissen, weil er früher regelmäßig zur Kirche kam. Nicht selten sind diejenigen, die zur Kirche kommen, verlegen, wenn ich eintrete. Dieser Verlegenheit nehme ich den Wind aus den Segeln, indem ich tue, als bemerkte ich es nicht. Setze ich zum Sprechen an, löst es eine Art Spannung aus, bis ich ausgesprochen habe, die Spannung lockert sich, man lächelt, gibt auf meine harmlose Rede eine harmlose Antwort, die den Ton für weitere Antworten folgert. Am häufigsten tauscht man Neuigkeiten aus, in einem Tonfall, der anbiedernd ist. Auch die Meinungen dazu. Die Temperamente und Einstellungen stimmen sich aufeinander ab, auch wenn sie anfangs gegensätzlich sind. Ich achte auf den Ton in jeder Stimme, habe mit den Jahren mein Ohr dafür geschult, geringste Änderungen zu erkennen oder herauszuhören, was der Redende verschweigt. Im großen und ganzen halte ich nicht viel von dem, was gesagt wird, mehr von dem, was ich heraushöre, und verbinde beides, ohne es merken zu lassen.

Der Friseur ist ein älterer Mann – im Dorf sind, außer Parteifunktionären, die nicht zum Militär eingezogen wurden, nur ältere und alte Männer –, der sein Geschäft allein führt; seine Frau macht ihm manchesmal Handgriffe. Er kommt mir etwas zwielichtig vor, jedenfalls werde ich nicht klug aus ihm; er gibt sich zu forsch und selbstbewußt. Seine Methode, die Haare zu schneiden, ist bei jedem Kunden die gleiche; er dienert einen auf den Stuhl, legt einem den flüchtig abgeklopften weißen Umhang um, und dann geht es los: die Schere schnipselt rasch das Haar weg, schnappt ununterbrochen auf und zu, bewegt von Daumen und Mittelfinger, auch wenn keine Haare zwischen den Schneiden sind, die Hand vollführt, ich möchte sagen, theatralische Gesten, oder dieses Aus- und Einschwingen gehört zum Rhythmus der Arbeit, ohne den der Friseur nicht arbeiten kann. Dabei schwatzt er viel. Hin und wieder bringt er, witzig, Ereignisse vor, worüber er selbst am meisten lacht, dreht sich, die Arbeit unterbrechend, plötzlich um und gibt eine Antwort, wobei er die Hände mit Kamm und Schere erhoben hält. Da gewöhnlich kein Kunde persönliche Wünsche wegen des Haarschnitts hat, auch ich nicht, schneidet er jedem die gleiche Frisur, den einheitlichen Bürstenschnitt oder den Scheitel kurz, zeitgemäß. Am Schluß pomadisiert er das Haar und bringt es mit einer Borstenwalze, die er an zwei Kurbeln dreht, in die geeignete Lage. Jedesmal muß ich ihn ersuchen, mir keine Pomade aufzutragen, dann sagt er immer: ja richtig, Herr Pfarrer mögen das nicht. Ein echter Figaro, denke ich, werde nicht klug aus ihm, obwohl ich ihn als harmlos einschätze; er muß sich seine Kunden erhalten und tun, als sei er für jeden im besonderen da.

Es sind nicht viele im Dorf, die Falsches vortäuschen, mit denen ich zu tun habe. In den meisten Fällen geht solchen Leuten einmal der Atem aus, und es wird sichtbar, was sie sind. Im Kirchenrat, den es nicht mehr gibt, war ein Mann, ein Elektriker, der sich sehr wichtig vorkam und dem ich mißtraute. Gleich nach dem politischen Umbruch stand er auf der anderen Seite und bekleidet nun eine Funktion, die er genau so wichtig ausfüllt wie seine Stellung im Kirchenrat, der aufgelöst wurde und dem Mann den Austritt ersparte. Heute grüßt er mich verlegen, aber er grüßt. Was für eine Farbe wird er beim nächsten Umbruch annehmen?

Vor zwei Tagen war ich bei unserem Apotheker zu Gast. Das hat sich so ergeben, als Folge gegenseitiger Sympathie, meine ich. Wenn wir beide im Laden allein sind, unterhalten wir uns angeregt auf eine Art, die leider nicht mehr üblich ist oder es nicht sein darf; schellt die Glocke über der Tür und kommt ein Kunde herein, stellen wir das Gespräch ein und sprechen über das Medikament, das ich kaufe; das ist gut, denn wir lassen in unser Gespräch manche Kritik an den heutigen Verhältnissen miteinfließen. Der Apotheker vertraut mir und ich ihm, obwohl er nie zur Kirche kommt, auch vor dem politischen Umsturz nicht gekommen ist.

Da fällt mir eines Abends ein, gerade vor Ladenschluß, Tropfen gegen die Migräne zu holen, an der ich leide. Es ist Samstag, und übers Wochenende will ich nicht ohne Tropfen sein, die mir ausgegangen sind. Ich gehe also in den Ort hinunter und betrete noch vor der Sperre den Laden. Der Apotheker schließt hinter mir die Ladentür ab, und ich entschuldige mich, daß es mir so spät eingefallen ist. Er sagt, es treffe sich gut, er wollte mich schon lange einladen, und nun sei ein günstiger Zeitpunkt, aber nur wenn er mich nicht von einer Arbeit abhalte, sagt er. Ich habe Zeit, sage ich, denn ich kann die Einladung nicht abschlagen. Er führt mich durch den Laden, durch den angrenzenden Arbeitsraum und in den ersten Stock hinauf, in einen Raum, der wohl das Wohnzimmer ist, doch den Eindruck macht, als sei er wenig benützt. Das Haus ist mit alten Möbeln eingerichtet, Erbstücken, Biedermeier, und auf solche Stühle setzen wir uns. Ich, Hochwürden, sagt er, dürfe nicht glauben, in eine Falle geraten zu sein – seltsam, unter anderen Umständen dächte man so was nicht, aber die jetzige Zeit scheine durchaus kriminell zu sein –, er habe den dringenden Wunsch, mit jemand ehrlich und offen zu reden, ja sich zu bekennen. Er wisse, daß er sich mir anvertrauen könne, was nicht bei jedem Priester angebracht sei – diese Kritik müsse ich verstehen –, mir gegenüber tue er es uneingeschränkt. Er stimme mit dem Regime nicht überein – ein Katz-und-Maus-Spiel. Er bezeichne sich, was die Religion angehe, als Freidenker, eine Voraussetzung, mit diesem Regime zu sympathisieren; aber nicht bei ihm. Die Entwicklung werde ihm recht geben; der Mensch werde diese Knebelung nicht lange ertragen. Anfangs, in der Euphorie, habe es sich nicht gezeigt. Gerade weil es so euphoristisch zugegangen sei, wäre er immer mißtrauisch gewesen. So spricht er weiter, fast ohne Pause, ohne eine Antwort von mir zu erwarten, was mir paßt, denn so gewaltsam in derlei Bekenntnisse hineingezogen zu werden, durchrüttelt mich und ruft gleichzeitig meine Vorsicht auf den Plan. Nur lege ich sie sofort ab angesichts dieses Mannes, dessen Leidenschaft für die Wahrheit ich nicht kannte, über dessen Einstellung ich nie im Zweifel war; ich nehme das Bekenntnis an, fast geschmeichelt durch das uneingeschränkte Vertrauen. Ich suche Worte, nur zwei oder drei, die das Vertrauen bestätigen, denn mehr würde ich nicht sagen können. Plötzlich geht die Tür auf, seine Frau kommt herein, sie bringt Tee und sehr schönes, kostbares Geschirr, setzt sich zu uns, und bald ist unser Gespräch ganz woanders. Ich bin erstaunt über die prompte Bewirtung, als sei sie abgesprochen. Die Kinder, die ich von der Schule her kenne, begrüßen mich und verlassen das Zimmer. Bei meinem Aufbruch kommt das Gespräch auf das Schloß; die Andeutung, daß es eine ungeheure unmenschliche Zumutung sei, das ganze Dorf und seine Umgebung unter solche Voraussetzungen zu bringen und darin leben zu lassen, leitet eine, ich möchte sagen, ratlose Pause ein. Dann fährt der Apotheker leise fort, das sei Mord, Hochwürden, Mord am Mitmenschen. Ich nicke und zucke wie ein dem Ereignis ohnmächtig Gegenüberstehender mit den Schultern. Dabei blicke ich dem Mann offen ins Gesicht. Warum tue die Kirche nichts dagegen, sagt er, und ich blicke ihm noch immer ins Gesicht. Was für eine Ausrede sollte ich gebrauchen? Jede klänge wie eine Phrase. Ich will sagen, ich denke, der einzelne müsse etwas dagegen tun, was heiße, sich opfern, sage aber nur, er möge mir verzeihen, ich hätte keine mir zustehende Antwort, er dürfe nicht denken, damit täte ich die Angelegenheit ab; als einzelner sei man in der gegebenen Situation zum Mitleiden aufgefordert. Ob er mich versteht? Ich glaube schon, denn er drückt mir solidarisch die Hand. Aber der Vorwurf, warum tue die Kirche nichts dagegen, verfolgt mich. Ich war nicht darauf gefaßt.

Nun überdenke ich den Vorwurf Tag für Tag, beim Einschlafen ist er mein letzter Gedanke, beim Aufstehen der erste, und die Stimme dazu, mit welch rücksichtsvoller (mir gegenüber) Rücksichtslosigkeit hatte sie es gesagt, als mache sie mich in diesem Augenblick zum Alleinverantwortlichen. Nahm ich diese Bestimmung an? Ja. Wenn ich nicht auf den Vorwurf, und wie er vorgebracht wurde, gefaßt war, so auf seine Existenz. Kann ich ihn nicht aus anderen Gesichtern auch lesen? Und das Ergebnis meines Grübelns mündet in die spontane Eingebung, wie ich mir, ich möchte sagen, in die Enge getrieben, dieses Etwas-dagegen-Tun vorstelle: Ein offener, rücksichtsloser Protest, eine flammende Rede ohne Rücksicht auf die eigene Person, und dann warten, daß man abgeholt wird. Außerhalb meiner selbst darf ich keine Wirkung erwarten – nur, ich würde, wie Pastor Wohlschläger sagte, zum Märtyrer werden und die entsprechende Wertung erlangen, doch niemand helfen. Die Kirche müßte in den Untergrund gehen. Diese Feststellung, ohne das Wie und das Was überlegend, bringt mich in Erregung. Ich habe diesen Gedanken an einem Morgen, während der Meßfeier, und im Verlauf des Tages habe ich ein Erlebnis von besonderer Art.

Wir feiern Christi Himmelfahrt, und ich nehme am Nachmittag, nach der Andacht, die Beichte ab. Wie schon gesagt: Man will mich auch mit Nachrichten oder Bitten erreichen, ohne daß es auffällt. Ich muß die Überbringer oder Bittsteller anhören, auf alles gefaßt sein und alle nur erdenklichen Formen des Verhaltens zeigen, von der Vorsicht bis zum bedingungslosen Vertrauen, vom Erstaunen bis zu vertraut persönlichen Überlegungen als Rechtfertigung und Trost. Ich erkenne den Mann sofort, nicht nur an der Stimme – im Beichtstuhl ist es sehr dunkel– , auch an den Umrissen des Kopfes hinter dem Holzgitter. Er sagt gleich, er komme nicht um zu beichten, sondern um mit mir über das Schloß zu sprechen, setze aber voraus, daß uns die Zeit im Beichtstuhl nicht ausreiche, deshalb lade er mich zu sich nach Hause ein. Seine Frau, eine ehemals getreue Kirchgängerin, sei nun bettlägerig, wie ich wisse, und es falle nicht auf, wenn ich einen Krankenbesuch machte. Ich denke Schloß, und unter dem Eindruck des Gedankens wage ich keine Frage, um mich nicht auszusetzen und zu zeigen, wie informiert ich bin. Es erweist sich oft, daß andere genau so gut informiert sind.

Zwei Tage später – wir hatten inzwischen ein Begräbnis – betrete ich das Haus des Herrn B. Er ist Versicherungsvertreter in Ruhe, hat aber aus Ermangelung jüngerer Kräfte, die alle an der Front stehen, seine Beschäftigung zum Teil wieder aufgenommen. Er besitzt ein kleines Landhaus, eine Villa, wie es hier heißt, an der Peripherie des Dorfes, an der Landstraße. Es ist Nachmittag, und ich habe mir ein paar Krankenbesuche vorgenommen. Zu ihm, zu seiner Frau, gehe ich gleich zu Beginn. Am Gartentor empfängt mich ein Dobermann. Da es keine Glocke gibt, warte ich, der Hund bellt und holt so den Herrn aus dem Haus. Der beruhigt den Hund, öffnet das Tor, reicht mir die Hand, wobei er vertraulich lächelt. Das stört mich; ich nehme mir vor, auf der Hut zu sein, lege aber das Mißtrauen aus Gewissensgründen ab; auch, denke ich, ist es seine Art, er ist ein geselliger Mann, an leichten Umgang gewöhnt. Alte Bäume im Garten, ausgewachsene Sträucher am Zaun, eine armdicke Weinrebe bedeckt mit ihren Verästelungen eine ganze Hauswand. Der Vorbau ist aus Holz. Der Mann hat silbrig-weißes Haar und geht mit kurzen, vorsichtigen Schritten. Ich komme auf den Gedanken, daß er trinkt, denn das Gesicht hat eine bläuliche Färbung und ist mit feinen roten Äderchen durchzogen. Er öffnet die Türen, läßt mich eintreten, ins Vorhaus, in einen Wohnraum, von dort in ein Zimmer, in dem seine Frau im Bett liegt. Er erledige Versicherungsfälle nur im Dorf und in der Umgebung, sagte er, mit dem Fahrrad, er habe auch den Haushalt zu versorgen und seine kranke Frau zu pflegen. Ich sitze am Bett der Frau, ermutige mich, rede, achte auf das, was sie sagt; sie sagt wenig, es freut sie, daß ich wieder einmal gekommen bin. An der Art des Umganges, wie sie beide miteinander reden, merke ich wieder, wie abstumpfend ein langes Zusammenleben werden kann. Die Gegenstände, und wie sie stehen oder liegen, das Bett als Mittelpunkt umgeben, deuten darauf hin, daß dieser Zustand schon lange anhält; an allem ist eine abgebrauchte, ja ein wenig unordentliche Seite. Aber gerade dieser Zustand, der als solcher von den beiden nicht mehr erkannt wird, nötigt mich ehrlich, mich nicht gegen sie zur Wehr zu setzen. Ich gehe auf alles ein, und als ich aufstehe, ist im Gesicht der Kranken eine Helligkeit. Das macht mich dankbar. Der Mann gibt mir das Zeichen, ihm zu folgen. Ich nicke der Kranken zu.

Wir gehen in das angrenzende Wohnzimmer. Der Mann läßt die Tür zum Zimmer der Frau offen. Er fordert mich auf, mich zu setzen. Die Frau wird alles mithören, denke ich, der Mann hat keine Geheimnisse vor ihr, oder – es ist ihm gleichgültig, in dem Zustand, in dem sie ist. Vielleicht denke ich zu schlecht von ihm; in diesem Alter und unter den folgenden Umständen kennen zwei Leute keine Geheimnisse voreinander; alles ist eingeebnet oder es ist gleichgültig geworden. Der Mann sitzt mir seitlich gegenüber. Er hat einen Brief in der Hand, schaut ihn an, wendet ihn hin und her und übergibt ihn mir schließlich. Der Brief kommt von dem Mann der Schwester seiner Frau, also von seinem Schwager. Ich kann die große, kurrente Schrift mit Unterlängen kaum entziffern. Der Mann merkt es, streckt die Hand aus; wahrscheinlich wollte er mich von der Echtheit des Briefes überzeugen. Es handle sich um die Schwester seiner Frau, Mathilde, sagt er, die fünf Jahre lang in einer Heil- und Pflegeanstalt untergebracht war und für deren Aufenthalt zur Hälfte er beziehungsweise seine Frau aufgekommen sei. Nun sei sie von dort weggeholt, und, wie der Schwager habe in Erfahrung bringen können, wahrscheinlich – er unterstreiche dieses Wort im Brief – hier im Schloß untergebracht worden. Er bitte ihn, der Sache nachzugehen und auszuforschen, ob er, wenn sie da sei, schreiben oder sie besuchen dürfe. Der Mann blickt mich an. Ich weiche seinem Blick nicht aus. Die Vorsicht, ob sie berechtigt ist oder nicht, läßt mich warten; er muß reden, nicht ich, es kommt darauf an, was er sagt, aber daß er mit mir etwas vorhat, dessen bin ich sicher. Er spricht. Die schwerkranke Frau, um deren Schwester es hier geht, hört alles mit, sie ist noch nicht so weit weg mit ihren Gedanken, daß sie es nicht aufnimmt. Ich merke, daß der Mann nicht so spricht, als habe er sich alles gut überlegt, auch zögert, je länger er spricht und in meinem Gesicht forscht. Das muß anfangs sehr verschlossen gewesen sein, und, da es aufgeht, eine Hilflosigkeit ausdrücken. Ich höre: er habe gedacht, man lasse mich als Beichtvater oder als Seelsorger dort zu, somit wüßte ich über die Insassen des Schlosses Bescheid. Ich schüttle immer wieder den Kopf, und als der Mann verstummt, sage ich, man lasse mich nicht hinein. Ob ich es versucht hätte. Ich schüttle wieder den Kopf und erkläre kurz, daß jeder Versuch scheitern müsse. Er schaut mich zweifelnd an; wer hinein dürfe, fragt er. Ich sage unbestimmt, wahrscheinlich das Personal. Wer dazu gehöre, sagt er. Es seien ortsfremde Personen, sage ich und fühle mich langsam ausgefragt. Und er läßt nicht locker. Ich könnte mir doch als Seelsorger Zutritt verschaffen. Ich blicke ihm verzweifelt ins Gesicht und stelle, um einer direkten Antwort auszuweichen, die Frage, ob der Schwager wisse, welche Bewandtnis es mit dem Schloß habe. Der Mann schweigt, während er mich prüfend betrachtet, und schüttelt den Kopf. Er glaube nicht, sagt er, oder der Schwager habe es nicht gewagt, in einem Brief auf so etwas einzugehen. Ich nehme mir einen Anlauf und sage, es liege nur an ihm, was er seinem Schwager antworte, am besten die Wahrheit, wenn er es wage, die Wahrheit zu schreiben, wozu ihn niemand nötigen könne und was letzten Endes nicht ungefährlich sei; vielleicht, sage ich und denke, daß ich verpflichtet sei, ihm beizustehen, wenn er seinen Schwager gut kenne und dieser zwischen den Zeilen zu lesen verstehe, solle er die Wahrheit verschlüsseln und einfach schreiben, daß es niemand erlaubt sei, das Schloß und seine Umgebung zu betreten; das genüge, denn wenn sein Schwager über die Verhältnisse und Erscheinungen der Zeit informiert sei, überlege er weiter und komme zum richtigen Schluß. Er, der Mann, könne mir glauben, daß ich ihm und seinem Schwager gerne helfen würde, wenn es in meiner Macht stünde. Der Mann erhebt sich, ich ebenfalls. Ich erwarte den Vorwurf, daß man heutzutage von Priestern nichts verlangen könne, doch ich habe bereits Zwangsvorstellungen. Ich werfe einen Blick in das Zimmer der Kranken, hebe zwei Finger zum Gruß, sie liegt mit offenen Augen da und rührt ein wenig die Hand über der Bettdecke.

Wieder denke ich, sie habe alles mitgehört, und schäme mich, sie sei gezwungen, hilflos dazuliegen, und ich nützte es aus, indem ich sage, ich könne nicht helfen, man müsse alles lassen, wie es sei. Auf dem weiteren Weg verfolgt mich meine Hilflosigkeit, ich bin ein Gefangener meiner selbst, des Regimes und auch der Kirche, setze ich hinzu.

5

Elisabeth Doblauer wehrte die Angriffe ihres Sohnes auf Valerie mit dem Schweigen ab, zu dem sie sich gezwungen fühlte, nachdem sie versucht hatte, seinen Ausdrücken die Spitze zu brechen, was ihren Sohn veranlaßte, auf Valerie weiterzuschimpfen. Er kam gerade ins Haus, als die Mutter sich aufmachte, Valerie zurückzuholen, die weggegangen war, oder, wie der Sohn sagte, davongerannt sei, weil es bei ihr da oben, sagte er, und tippte mit einem Finger an die Stirn, nicht stimme. Die Mutter hatte nachgegeben und war nicht fortgegangen; Valerie solle bleiben, wo sie sei, sagte er, er laufe ihr nicht nach.

Als er wieder an die Holzarbeit hinter der Scheune gegangen war, zog sie die Schnürschuhe an, warf ihr großes, wollenes Schultertuch um und verließ rasch das Haus; den Enkel hatte sie angewiesen, seine Schulaufgaben zu machen und dann zum Nachbarn zu gehen; wenn sie heimkomme, hatte sie ihm versichert, werde sie ihn von dort abholen. Ihr Weg war von jemand, der sich hinter der Scheune befand, nicht einzusehen.

Sie ging über den verharschten Schnee, brach immer wieder ein; sie werde, dachte sie, wenn es so weitergehe, fast die doppelte Zeit brauchen, um ans Ziel zu kommen. Doch auf der Landstraße, in die der Fahrweg mündete, war der Schnee von Fußgängern niedergetreten und von Schlittenkufen glattgefahren. Die alte Frau ging in den Spuren, kam jetzt leichter voran, und das machte ihr Mut. Hin und wieder blieb sie stehen, sah sich um und dachte, später dürfe sie die Abzweigung in die Nebenstraße nicht übersehen, denn sie sei eine Abkürzung; auch wenn sie in den verharschten Schnee einsinke, käme sie rascher ans Ziel als auf der Landstraße, die, mit ausladenden Kurven und Umgehungen, einen Umweg bedeute. Die alte Frau war überzeugt, daß Valerie in das Dorf, aus dem sie kam, und in ihr Elternhaus zurückgekehrt war; sie war schon zwei Tage weg.

Hinter dem Wald stand eine schwarze Wolkenwand am Himmel, sie schien sich nicht zu bewegen, und es war auch kein Wind zu merken. Elisabeth Doblauer dachte an Schnee; sie fürchtete ihn nicht, sie hatte gute Schuhe an, und das Wolltuch war warm, bedeckte den Kopf, mit Nadeln im Haar und unter dem Kinn festgehalten, und fiel weit über die Hüften hinab, außerdem trug sie einen langen Wollrock und darunter einige Unterröcke. Der Gedanke beherrschte sie: sie müsse Valerie zurückholen, und das in kürzester Zeit; wie, das wußte sie nicht, es kam auf die Situation an, in der sie Valerie antraf. Valerie mußte freiwillig mit ihr gehen. Und wer sollte es ihr verwehren? Die Eltern würden mit sich reden lassen. Ihr Bruder? Mit dem mußte sie fertig werden; sie hatte erfahren, daß er als Soldat auf Urlaub war. Eigentlich fürchtete sie niemand, sie hatte nur Angst um Valerie. Diese sei bei den Behörden keine Unbekannte, dachte sie und erinnerte sich, was der Arzt gesagt oder nicht gesagt hatte; er hatte gerade das verschwiegen, was er durch die Behörden wußte, und bestimmt nur, um Valerie zu schonen.

Als sie sich wieder umwandte, sah sie das Pferd und den Schlitten auf der Landstraße. Sie kamen auf sie zu, und auf dem Schlitten saß ein Mann. Sie erkannte das Pferd und den Schlitten, ehe sie den Mann erkannte. Der hielt das Pferd an, als er bei ihr angelangt war und forderte sie auf einzusteigen. Sie sagte, das täte sie nicht ungern, und der Mann lachte. Vorsichtig beantwortete sie die Frage des Mannes: sie sei auf dem Weg zu den Schwiegereltern des Sohnes. Er, sagte der Mann, hätte sich das denken können, und sie habe Glück; er fahre nämlich nahe an das Dorf heran. Dann bog er in die Nebenstraße ein und erklärte, daß sich die Nebenstraße im Winter gut befahren ließe. Das Gehen sei wohl anstrengend, fuhr er fort und sah sie an. Sie nickte. Der Mann sprach, sie nickte und gab kurze Auskünfte. Sie fuhren schweigend dahin. Der Wald blieb links liegen, und rechts öffnete sich die Landschaft, der Mann trieb ab und zu das Pferd an, die alte Frau erwartete, die Kirchturmspitze an einer bestimmten Stelle des Wegs über einer Bodenwelle auftauchen zu sehen. Sie merkte, daß der Mann die Kirchturmspitze nicht beachtete, als sie sichtbar wurde. Das Pferd war in eine gemächliche Gangart verfallen, und der Mann trieb es nicht mehr an. Die Nebenstraße mündete wieder in die Landstraße, die in kleinen Kehren ins Dorf hinunter führte. Der Kirchturm verschwand hinter Bodenwellen, tauchte wieder auf, und nach den ersten Häusern war nur mehr eine Bodenwelle zu umfahren, und das Dorf lag offen da. Sie müsse nun aussteigen, sagte der Mann, er fahre nicht ins Dorf hinein. Elisabeth Doblauer stieg vom Schlitten, bedankte sich und ging weiter. Der Mann trieb das Pferd an, die alte Frau hörte es, sah aber nicht zurück, war froh, daß der Mann nicht viel gefragt hatte.

Nun war sie früher ins Dorf gekommen, als sie angenommen hatte, sie sah sich unmittelbar vor der Aufgabe, Valerie zum Mitgehen zu bewegen, legte sich das maßgebendste Wort zurecht, das sie gebrauchen würde: das Kind fragt nach der Mutter; es erschien ihr wahr und treffend, und es stimmte auch; Andreas fragte täglich ein paar Mal nach ihr. Darauf werde sie bestehen und damit jedes Gegenargument ausschlagen, auch verschweigen, daß sie Valerie mochte und Angst um sie habe.

Gleich beim Eintreten erblickte sie Valerie; ihre Mutter hatte auf das Klopfen die Haustür geöffnet, Valerie stand im Rahmen der offenen Küchentür und war einen Schritt in die Küche zurückgetreten, als sie die Stimme der Schwiegermutter erkannte, kam aber dann ins Vorhaus. Ja, Valerie sei hier, hatte die Mutter auf die Frage geantwortet und wollte in die Küche rufen, als sie Valerie hinter sich stehen sah. Es entstand eine Pause, während der sich die drei Frauen ansahen. Elisabeth Doblauer nützte die Situation und sagte eindringlich, an Valerie gewendet, der Bub brauche sie, er frage immer nach ihr. Es war nicht nötig, mehr zu sagen; der Satz schloß alles ein, und Elisabeth Doblauer hatte den Eindruck, nicht mehr loslassen zu dürfen, nun müsse sie auf dem Gesagten beharren. Da werde sie mitgehen müssen, sagte die Mutter zu Valerie, und ging in die Küche voran.

Valerie war in der Küche bis zur nächsten Tür zurückgetreten. Die beiden Frauen sprachen über Alltägliches. Valerie machte den Eindruck, als sei sie gewillt, hier stehen zu bleiben, bis jemand etwas verlangte von ihr. Elisabeth Doblauer hatte der Aufforderung Folge geleistet, sich zu setzen. Valeries Mutter ging in der Küche umher und entschuldigte sich, sie sei mit der täglichen Arbeit noch nicht fertig. Sie habe ihre Hausarbeit liegen lassen und sich auf den Weg gemacht, sagte Elisabeth Doblauer. Sie rückte auf dem Stuhl hin und her, wartete auf einen günstigen Augenblick, sich an Valerie zu wenden; sie hatte das Gefühl, keine Zeit verlieren zu dürfen. Sie sah Valerie an; diese spürte den Blick und wich ihm aus. Die beiden Frauen sprachen, doch Elisabeth Doblauer hatte den Eindruck, die andere ließe sie nicht zu Wort kommen; trat eine Pause ein, hatte die Mutter Valeries eine Frage zur Hand. Elisabeth Doblauer sah ihr zu, ohne mit den Gedanken zu folgen, hörte ins Haus hinein und dachte, daß Valerie und ihre Mutter allein seien; es machte ihr Mut und festigte den Entschluß, rasch zu einem Ende zu kommen, das umso mehr, weil sie merkte, daß Valerie nur darauf wartete, zu tun, was man ihr dringlich einredete; Elisabeth Doblauer kannte das: trotz des Eigensinns hatte Valerie Augenblicke, da sie ihn, von außen beeinflußt, ablegte, auch fühlte sie, ob es jemand gut mit ihr meinte oder ob hinter den Worten eine andere Absicht steckte. Ehe Elisabeth Doblauer aufstand und die Entscheidung mit Valerie herbeiführte, mußte sie sich vergewissern, wo die beiden Männer, der Vater und der Bruder, waren; mit ihnen wollte sie am liebsten nichts zu tun haben. Der Bruder sei nach dem Genesungsurlaub wieder in die Kaserne eingerückt, der Vater sei auswärts; er suche hin und wieder eine Gelegenheitsarbeit; den holten sie nicht, ergänzte die Mutter Valeries und meinte damit, er tauge nicht fürs Militär und für den Dienst an der Front.

Elisabeth Doblauer erinnerte sich an die Hochzeit ihres Sohnes mit Valerie; in der Nacht mußte man Valeries Vater mit einem Fuhrwerk nach Hause bringen. Sie hatte am Tisch mit ihm gesessen, eigentlich waren es zwei Tische gewesen, die man aneinandergestellt hatte, da sie nur eine kleine Gesellschaft waren. Anfangs herrschte eine gespannte Stimmung; die Väter der Brautleute, ihr Mann Matthäus Doblauer und der Vater Valeries, sprachen nichts miteinander, und Valeries Vater geriet ins Stänkern, benützte jede Gelegenheit oder Ungelegenheit, um Anlaß zum Streit zu suchen. Matthäus Doblauer bezog keinen der Anlässe auf sich, wich aus, was den anderen umso mehr reizte. Mit zunehmendem Trinken änderte sich die Stimmung von Valeries Vater, er fand andere Gelegenheiten, sich in

Szene zu setzen, mischte sich in jedes Gespräch, trank jedem zu und beteuerte, wie ungern er seine Tochter aus dem Hause gehen lasse. Als er sich kaum mehr auf den Beinen halten konnte, schwankte er zu Matthäus Doblauer, brach in Tränen aus und umarmte ihn, versichernd, daß sie nun in einem Boot säßen. Matthäus Doblauer hatte wenig getrunken, erwiderte die Anbiederung zurückhaltend, nahm sie spaßig auf, um die Stimmung nicht zu verderben. Jedermann wußte, daß der Vater Valeries, wieder nüchtern, der alte sein würde. Doch an diesem Tag waren beide Väter, jeder in seiner Art, gut gelaunt. Elisabeth Doblauer bemerkte gleich, daß ihr Mann die Schwiegertochter angenommen hatte; sie tanzten sogar einmal miteinander, und als die Musik – der Ziehharmonikaspieler – ein Hoch-soll-er-leben spielte, bedankte er sich anschließend bei Matthäus Doblauer für die extra Spende.

Die Eltern Valeries betrieben eine kleine Landwirtschaft, aus der sie die Grundnahrungsmittel bezogen, bescheidene Bareinnahmen warf das Fuhrwerken ab, das der Vater betrieb. Aus diesem Grunde war mit seiner Arbeitskraft in der Landwirtschaft nicht immer zu rechnen, da er mit Pferd und Wagen unterwegs war. Zusätzlich unternahm er zweimal in der Woche als Bote die Fahrt ins Nachbardorf und zurück. Das Nachbardorf lag abseits jeder Verbindung durch öffentliche Verkehrsmittel. Er beförderte Briefe, Pakete und verschiedene Gegenstände, die er vom Absender bekam und beim Empfänger ablieferte, kassierte einen angemessenen Fuhrlohn, erhielt auch Trinkgelder beim Austragen der Sendungen und Gegenstände, was er noch am selben Nachmittag tat, doch in letzter Zeit nicht mehr regelmäßig; er kehrte müde und betrunken heim und legte sich ins Bett. War er auf der Heimfahrt betrunken, saß er vornübergebeugt auf dem Kutschbock, die Leitseile locker in Händen, und das Pferd ging ruhig seinen Weg; es finde den Weg allein, hieß es. Kinder machten sich einen Spaß mit ihm, umsprangen den Wagen, riefen Spottnamen, und wenn er aufwachte, schlug er mit der Peitsche nach ihnen, worauf die Kinder gewartet hatten, den Hieben auswichen und ihn auslachten. Sooft er zwischendurch nüchtern war, raffte er sich auf und kam seiner Aufgabe nach. Als er das Fuhrwerken aufgegeben hatte, fiel er auch ganz für die Arbeit in der Landwirtschaft aus, von gelegentlichen Zugriffen abgesehen; man hatte das Pferd verkauft, brachte mit Kühen das Heu und die Ernte von den wenigen Feldern ein. Inzwischen waren Sohn und Tochter erwachsen, der Sohn hatte einen Beruf erlernt, Valerie half der Mutter und verrichtete die Arbeit im Stall und auf den Grundstücken. Der Vater saß daheim, war schlechter Laune und jammerte, daß man ihn im Stich gelassen habe, wie er den Selbstausschluß deutete, und wenn es gutging, fand er da und dort gelegentlich Arbeit, war sofort obenauf und fiel aus der Rolle. Schenkte ihm seine Frau keine Beachtung wegen der Launen, die sie ihm vorwarf, wandte er sich an Valerie; die hörte ihn an, und er sagte, sie sei die einzige, die etwas für ihn übrig habe. Nachbarn sprachen von ihrer Engelsgeduld, und daß er, der Vater, so eine Tochter nicht wert sei. Er wußte darum und wehrte sich gegen die Verbindung Valeries mit dem jungen Doblauer. Er hielt seiner Tochter eine milde, beinahe wehleidige Standpredigt. Sie sah ihn an und zuckte mit den Schultern, als habe sie ihn nicht verstanden. Zu seiner Frau sagte er einfältig, ob es Valerie daheim nicht mehr gefalle, und seine Frau lachte bitter und sagte, was er sich denn vorstelle, sie könne doch nicht für immer zu Hause bleiben, nur weil er Pflege brauche. Fühlte er sich unbewußt bei geheimen Gedanken und Wünschen ertappt, brauste er auf. Seine Frau ließ ihn allein. Er wechselte die Szene; hatte er den Verbleib Valeries vergeblich gefordert, so machte er sich nun ans Flehen. Später fügte er sich ins Unvermeidliche, nicht ohne hin und wieder zu versuchen, Valerie umzustimmen; er malte ihr aus, was sie erwartete; sie habe doch das Zeug zu etwas Besserem als zur kleinen Bäuerin, so könne sie spielend leicht einen Beruf erlernen und in die Stadt gehen, wenn sie schon weggehen müsse. Als Valerie ein Jahr mit Andreas Doblauer verheiratet war, sagte sie zu ihrer Mutter, es sei ihr bestimmt, mit Trinkern zu leben, und was einem bestimmt sei, dem könne man nicht entkommen.

Die Mutter dachte an den Ausspruch der Tochter, als Elisabeth Doblauer am Tisch saß und Valerie unter dem Türrahmen stand; sie hatte davon zu niemand gesprochen, doch seit damals oft festgestellt: Valerie wehre sich nicht, und auch jetzt dachte sie, Valerie lasse alles über sich ergehen, schlucke es, habe es immer geschluckt, bis ein gewisses Maß erreicht gewesen sei. Laut sagte sie, Valerie werde mitgehen –, und an Valerie gewandt, ihr Kind brauche sie, habe die Schwiegermutter gesagt. Valerie sagte nichts, machte aber einen Schritt in den Raum hinein. Sie hatte bereits den Mantel an. Sie stieß einen Seufzer aus und stand da, entschlossen, sofort zu gehen, sich gleich in Bewegung zu setzen, ehe dieser Entschluß wieder rückläufig würde. Elisabeth Doblauer verstand, erhob sich, reichte der Mutter Valeries die Hand und ging mit Valerie schon die Straße hinauf, als sie die Männerstimme hörten, auf die die Stimme der Mutter Valeries einsprach, dann fiel die Haustür laut ins Schloß, und es war still.

Elisabeth Doblauer hatte sich nicht umgedreht, auch Valerie nicht. Sie sprachen nicht, solange sie durch das Dorf gingen, die alte Frau ging sehr rasch, achtete auf niemand, Valerie ging neben ihr her und antwortete knapp auf den Gruß eines Entgegenkommenden. Erst außerhalb des Dorfes, umgeben von Schneefeldern, auf denen da und dort ein Streifen Ackererde hervorsah, blieb die alte Frau stehen und sagte, hier müsse sie ein wenig zu Atem kommen. Valerie sah in die Weite. Es sei ein anständiges Stück Weg, sagte die alte Frau, und Valerie nickte. Plötzlich sagte sie, und die alte Frau merkte es ihr an, daß es sie jäh überfiel, er werde sie schlagen, er habe ihr gedroht, sie zu schlagen –, und nach einer Pause fuhr sie fort, der Bub sei noch zu klein, um dem Vater zu sagen, daß er sie nicht schlagen dürfe. Die alte Frau ging rasch weiter und zog Valerie mit sich. Dieser spontane, fast naive, doch das ganze Elend klar darlegende Ausspruch der jungen Frau hatte sie erschüttert; sie raffte sich auf und sagte bestimmt, sie werde dafür sorgen, daß er sie nicht schlage, und wenn sie Angst habe, solle sie zu ihr kommen. Es wäre gut, wenn der Vater noch daheim wäre, sagte Valerie. Der hätte zu wenig Einfluß auf den Sohn, sagte die alte Frau, die beiden Männer gerieten sich nur in die Haare. Der Vater sei gut gewesen, sagte Valerie.

Die alte Frau antwortete nicht. Hatte sie anfangs das Tempo der Schritte vorgegeben, merkte sie nun, daß Valerie diese Vorgabe übernommen hatte, während sie sich sehr anstrengte, mitzuhalten. Sie wollte nicht, daß Valerie darauf aufmerksam wurde, deshalb sprach sie, erzählte, was das Kind tat und sagte, wenn es zu Hause war, sprach immer rascher und ließ sich mitreißen, was sie vom Gehen ablenkte, doch ihren Atem verkürzte; sie lachte, wenn sie komische Aussprüche des Kindes wiederholte, ließ ihren Blick von der Landschaft zu Valerie gehen und zurück, bis sie außer Atem war und stehenbleiben mußte. Darnach fiel ihr der überforderte Ausdruck im Gesicht Valeries auf, oder war es Gleichmütigkeit, die sich zeigte, wenn man länger mit Valerie sprach? Die alte Frau schwieg. Der Weg wurde ihr immer beschwerlicher. Sie brach in den verharschten Schnee ein, und obwohl sie versuchte, in den Spuren zu gehen, verlor sie die Richtung und geriet in den Harsch. Für Valerie schien der Weg keine Beschwernis zu sein.

Sie gingen jetzt hintereinander, und die alte Frau, die hinter Valerie ging, sah ihr auf die Füße. Hin und wieder blickte sie sich um; der Glücksfall, einem

Fuhrwerk zu begegnen, das denselben Weg nahm, würde sich nicht wiederholen; der Mann, der sie im Schlitten mitgenommen hatte, hatte nicht gesagt, wann er zurückfuhr. Das Schweigen beunruhigte die alte Frau; an der Haltung und am Gang Valeries erkannte sie, wie ihr die Erfahrung gezeigt hatte, daß diese einer Vorstellung nachhing, die sie zwangsartig beherrschte; diese Vorstellung konnte jederzeit in Form einer verworrenen Aussage hervorbrechen, und davor hatte die alte Frau Angst. Die Aussagen bestätigten den ernsten Zustand Valeries; es ließ sich nicht leugnen, daß sie sich ganz verändert hatte und daß diese Veränderung in der Ehe vor sich gegangen war. Der Arzt sprach von einer Krankheit, von der Andreas Doblauer nichts wissen wollte; seine Frau war nicht normal, und das war ihm unangenehm. Diese Ärzte machten alles zu einer Krankheit, sagte er. Valerie spürte die Einstellung ihres Mannes zu ihr; er nahm ihr jede Geste, jede Äußerung übel. Sie selbst fühle sich nicht krank, hatte der Arzt zu Elisabeth Doblauer über Valerie gesagt.

Windstöße kamen auf, die die Röcke der beiden Frauen bauschten. Elisabeth Doblauer betrachtete den Himmel; die Sonne stand schon tief im Westen, und dort war der Himmel rosa. In der Ferne, vor dem großen Fichtenwald, lag die Dämmerung als blauschwarzer Schatten über dem Schnee. Die alte Frau hörte ihren raschen Atem, schloß den Mund und versuchte durch die Nase zu atmen. Valerie ging gleichmäßig. Sie dürfe Valerie nicht aus ihrem Schritt bringen, dachte sie, und sie nicht merken lassen, wie schwer es ihr fiel, ihr zu folgen. Sie versuchte an etwas anderes zu denken, an den Arzt, an den sie nicht denken wollte in diesem Zusammenhang; doch es gelang ihr nicht, einen anderen Gedanken zu fassen. Seine Besuche hatte sie alle in Erinnerung; sie hatten den Zweck, über Valerie Fragen zu stellen, und er ließ durchblicken, daß er im Auftrag handelte und es keine ihm angenehme Pflicht war, die er rasch erledigen wollte. Er war immer freundlich zu ihr. Sie kannte ihn schon lange. Er nahm seine Arbeit ernst, war ruhig, machte nicht viele Worte; er hatte schon die ganze Familie behandelt. Valerie zeigte keine Scheu vor ihm. Er sah sie oft an, und wenn er etwas zu ihr sagte, dann ganz so, als spreche er mit einem anderen.

Die alte Frau sah sich um und blieb stehen. Undeutlich bemerkte sie im Vordergrund des dunklen Waldes die Bewegung, nahm das Gespann aus, das sich ihnen näherte, doch weit weg war. Sie erkannte das Pferd, und nach einer Weile den Mann auf dem Schlitten, und wandte sich Valerie zu; diese war ein Stück weitergegangen und dann stehengeblieben. Die alte Frau deutete auf das Gespann. Der Mann, sagte sie, und nannte seinen Namen, habe sie im Schlitten auf dem Weg ins Dorf ein Stück mitgenommen; jetzt sei er auf dem Rückweg. Sie sahen zu, wie sich das Pferd mit dem Schlitten, auf dem der Mann saß, auf der Nebenstraße näherte, die sie soeben gegangen waren. Sie würden weitergehen, sagte die alte Frau, sie hätten schon mehr als die Hälfte des Wegs zurückgelegt, und faßte Valerie am Arm. Sie dachte daran, daß ihr der Mann über Valerie Fragen stellen werde, und das mochte sie nicht. Sie ließ ihre Hand auf dem Arm Valeries liegen. Nun hätten sie nicht mehr weit zu gehen, sagte sie. Valerie blieb ruckartig stehen und sah die alte Frau an, als habe sie ein erschreckender Gedanke überfallen. Sie wollte ihn aussprechen, die alte Frau schien ihn zu erraten, schüttelte den Kopf, faßte Valerie wieder am Arm und ging mit ihr weiter, während sie vom Kind erzählte, und daß es sich freue, wenn die Mutter daheim sei. Als sich die beiden Frauen, fast gleichzeitig, umwandten, sahen sie, daß das Pferd und der Schlitten, auf dem der Mann saß, sich von der Seite zeigten. Sie mußten eine Weile hinsehen, bis sie erkannten, daß das Gespann in einen Seitenweg abgebogen war, und um sich dieser Tatsache zu vergewissern, blickten sie so lange hin, bis sie die Kruppe des Pferdes und den Rücken des Mannes sahen.

V

Ich bin krank, eine infektiöse Grippe, die jährlich herumgeht, meistens zum Ausgang des Winters, wobei einer den anderen ansteckt, der Kranke für Tage oder Wochen ans Bett gefesselt wird, je nach den Widerstandskräften, die er der Krankheit entgegensetzt, durch mangelnde Nahrungsmittel geschwächt und von fehlenden Medikamenten nicht unterstützt. Man trinkt wieder Tees, wendet Hausmittel an, und meine Haushälterin wollte mir einen kalten Wickel machen, den ich ablehnte; ich mag dieses hilflose Schwitzen nicht. Tees trinke ich, jeden beliebigen, sie bringt mir Lindenblüten- und Hollertee, die ich heiß trinken muß vor ihren Augen. Es ist mir sehr unangenehm, ich fühle mich unter Zwang, obwohl sie es gut meint, und um dieses Gefühl zu unterbinden, breche ich jeden Morgen aus, gehe in die Kirche hinüber und lese die Messe. Doch die Krankheit fordert ihren Tribut, läßt nicht mit sich machen, was man will; heute morgen kann ich das Fieber nicht verbergen, heftiger Schüttelfrost wirft mich ins Bett zurück, und die Haushälterin will den Arzt holen. Ich wehre mich nicht mehr dagegen.

Ich habe Zeit, mich auf den Besuch des Arztes vorzubereiten, vergegenwärtige mir seine Person, soweit es möglich ist, sein Äußeres, sein Auftreten und Reden, die Wirkung als Summe all dieser Erscheinungen, und urteile, zweifle, stelle ihn mir in bestimmten Situationen vor, bei verschiedenen Anlässen, vor allem, da dies öfter geschieht, als Begegnenden auf der Straße, sogar in der Abgeschiedenheit eines Weilers, wo wir uns trafen, beide mit dem gleichen Vorhaben, aber mit verschiedenen Zielen; wir machten Krankenbesuche. Er ist die einzige Zivilperson im Dorf, außer dem Bürgermeister, die Benzingutscheine erhält; er fährt, wenn ich die Automarke richtig beurteile, einen alten Steyr-Fiat. Die Haushälterin steckt den Kopf durch die Tür, sie ist mit Mantel und Hut bekleidet und sagt, daß der Doktor komme, gibt mir aber keine Gelegenheit zu fragen, wann. Es wäre auch eine überflüssige Frage; der Arzt macht die Visiten im Laufe des Nachmittags, und dieser ist lang.

Zu Mittag esse ich etwas; ich dämmere vor mich hin, höre die Haushälterin eintreten, das Tablett abstellen, und bin zu schwach oder zu gleichgültig, die Augen zu öffnen. Sie stellt sich neben das Bett und sieht mich an. Das mag ich nicht, und deshalb richte ich mich auf und sage etwas, was wir beide nicht beachten, und sie schiebt das Tablett auf die Bettdecke. Wieder Tee. Ich trinke ihn nachher. Sie geht, ohne ein Wort einzuwenden. Mit Mühe stehe ich auf und trage das Tablett auf den Tisch. Ich bin schon lange nicht mehr krank gewesen, brauche den Arzt auch nicht. Kleinere Unpäßlichkeiten kuriere ich selbst, gehe in die Apotheke und lasse mir vom Apotheker etwas geben. Der Arzt weiß es. Er lobt meine Gesundheit und lächelt mir wissend zu; es gehe ihm nicht ums Geschäft, heißt das, Kranke, und die sich's einbilden, gibt es genug. Ich weiß, was er beim Eintreten sagen wird: Es hat sie erwischt, Hochwürden. Er ist älter als ich, als Arzt für jedermann da, und versteckt hinter seinem Beruf nicht den Menschen, aber sein Ich. Manchmal wird es für einen Augenblick sichtbar, er deckt es aber gleich wieder ab, heiter und jovial, eine Seite an ihm, die sich mit seinem Beruf gut vereinbart. Ein Arzt, mit so langer Praxis wie er, weiß, daß er eine Kunst ausübt, die vielen Zweifeln unterliegt, was er kaum durchblicken läßt oder entkräftet, indem er sich den Anschein gibt, als lächle er darüber. Aufmunternd umgängliche Worte, die er jedem gegenüber anwendet, bieten ihm Schutz. Was sich dahinter verbirgt, kann man nur vermuten. Hin und wieder denke ich, er schirmt seine Empfindsamkeit ab. Und wenn, dann mit Recht. Er sei sehr musikalisch, sagt man; früher habe es mit ihm ein Quintett gegeben. Er spielt Violoncello. Wöchentlich sei man in seinem Hause zusammengekommen. Das Quintett habe sich aufgelöst, weil sein ältester Sohn, der Klavier spielte, bei Kriegsausbruch eingerückt und gleich darauf gefallen sei. Die anderen Kinder sind außer Haus. Eine Tochter ist Krankenschwester im Fronteinsatz. Der Arzt spreche nie über persönliche Verhältnisse, sagt man, und ich bin überzeugt, auch nicht über Politik, worüber es nichts zu sprechen gibt, obwohl es dazu viel zu sagen gäbe. Da er es nur mit Kranken und mit dem Pflegepersonal zu tun hat, beschränkt er den Umgang bewußt, und ich habe den Eindruck, es ist ihm zur Routine geworden; er weiß, wie es läuft, und versucht keine Vorstöße in eine andere Richtung. Er ändert nichts, und es ändert sich nichts um ihn. Seine Anzüge sind dieselben, sein Haus und Garten bleiben unverändert.

Ich liege an diesem Nachmittag lange wach, beobachte die Uhr an der Wand, verfalle in Halbschlaf, woraus ich, scheint es, gestärkt erwache. Vielleicht schlief ich zwischendurch auch fest, denn das Tablett ist weg, die Haushälterin muß also im Zimmer gewesen sein. Ich lese mein Brevier, lege es weg, nehme einen Band Brockhaus zur Hand und blättere darin. Die Schläge der Kirchturmuhr zähle ich mit, überlaß mich den Gedanken, die Bilder wechseln rasch, und als ich die Hausglocke höre, ist es sechzehn Uhr dreißig. Schritte der Haushälterin im Parterre, ihre Stimme, Schritte über die Stiege und durch den Flur auf die Tür meines Schlafzimmers zu. Unausgesetzt spricht die Haushälterin. Als der Arzt und sie eintreten, ersuche ich die Haushälterin, Licht zu machen, denn es ist schon dunkel. Sie steht da, der Arzt tritt an mein Bett und gibt mir die Hand. Ich erwarte seinen Eingangsspruch, der auch kommt, ein wenig abgeändert zwar, ich hätte mich in die Gemeinschaft der Patienten eingeordnet, woraus er die Frage folgert, ob die Symptome auch Appetitlosigkeit und Kopfschmerz seien. Die Haushälterin geht hinaus, ich sage, ich machte keine Ausnahme, er lächelt und greift nach meinem Puls. Die übliche Routineuntersuchung, die nichts ausläßt, auch wenn es unnötig erscheint. Sein Stethoskop liegt lange in meiner Herzgegend, er schüttelt den Kopf, während er das Gerät einpackt, und sagt, ich machte wirklich keine Ausnahme. Das bißchen Fieber, sage ich und untertreibe. Er erläutert mir die Erscheinung der in diesem Jahr und in dieser Jahreszeit auftretenden Grippe; kurzes, oft heftiges Fieber, die besagten Beschwerden und eine allgemeine Schwäche.

Es ist eine Weile still, während ich aufhorche, denn ich fühle plötzlich die Umstellung im Gedankengang des Arztes oder den endgültig aufkommenden Vorsatz, den er die ganze Zeit hier hegte. Seine Tasche ist noch offen, er kramt darin wie ausweichend und sagt, ob ich ihm die Beichte abnehme. Im selben Augenblick wendet er sich um und sieht mich an. Ich bin weder verwundert noch verlegen, profitiere von meiner Einstellung, immer auf etwas gefaßt zu sein, und insbesondere in diesem Falle, weil ich weiß, daß der Arzt jeden privaten Gedanken verbirgt, im Umgang mit Menschen erlernt hat, daß es gut und in dieser Zeit eine Voraussetzung ist zu überleben und letztlich nichts von seinen Gewohnheiten einzubüßen. Ich sage ja, ich sei jederzeit bereit, frage aber, ob er an Ort und Stelle beichten möchte, um Zeit zu gewinnen und eine nähere Stellungnahme herauszufordern. Gleich darauf schäme ich mich, stehe auf, ziehe den Morgenrock an, gehe zum Kasten, in dem ich für alle Fälle eine Stola aufbewahre, lege sie um und trete an den Tisch. Er meint, ich hätte auch im Bett bleiben können, doch ich sage, es sei besser so und setze mich. Ich lasse kein Befremden aufkommen, obwohl es nicht alltäglich ist, daß mich jemand in der Wohnung um die Beichte bittet, zeige mich nicht verwundert, sehe ihm in die Augen, und plötzlich erfaßt mich eine ruhige, fast sendungsmäßige Sicherheit. Er kommt nie zur Kirche, und niemand erwartet es von ihm. Es dauert lange, denn wir machen es gründlich.

Als wir fertig sind, bleibe ich sitzen, und er macht keine Anstalten aufzustehen. Ich bin bereit, auf Fragen und auf ein Gespräch einzugehen, nötige ihn nicht, sondern warte. Die paar Worte, die meine Pflicht sind, sagte ich, fragte ihn nicht, als ich ihm das Bußgebet aufgab, ob er noch beten könne; vielleicht hätte ich ihn verletzt. Ich habe die Gewißheit von Gnade, und es wäre schändlich, den von ihr Betroffenen in die Enge zu treiben. Tatsache ist, er wünschte die Beichte. Plötzlich lacht er, ein befreites, ehrliches Lachen. Ich nicke, als verstünde ich, was er meint. Es sei wie in der Kindheit, sagt er, es erinnere ihn an das Gefühl von damals. Ich zweifle keinen Augenblick an der Wahrheit, sage, daß ein stilles, verborgenes Christentum heute vielleicht angebracht sei. Er wehrt ab; ich dürfe ihn nicht mißverstehen. Wir sind eine Weile still, vom Friedhof herauf dringen Stimmen.

Oft weiß ich nicht, was richtig ist und was nicht, zweifle mein Tun und insbesondere mein Denken an, und um so mehr, weil man damit alleingelassen ist. Man folgt seiner Stimme, doch niemand bestätigt sie. Läuft man einem Trugbild nach, von dessen Wahrheit man überzeugt ist? Auch durch den Zweifel wird die Wahrheit nicht anders. Sie zwingt einen, sich zu ihr zu bekennen. Ich wäge sie vorsichtig ab, sie überlistet mich, ich sage, das sind die Begleiterscheinungen des Zweifels, verdränge sie, und sie werden deutlicher; das also bin ich, so verhalte ich mich, das habe ich gesagt und getan, ist das die Wahrheit? Sie ist geeignet, dir den Hals umzudrehen. Der Mann aus dem Büro des Schlosses, der zu mir in den Beichtstuhl kam, hat mich gezwungen, Stellung zu beziehen, indem ich ihm einen Rat gab. Der Mann ist ehrlich, er wird meinen Rat nicht verdrehen, jede Verdächtigung ist ein Verrat; dann Pastor Wohlschläger – um alle Möglichkeiten anzuschneiden –, er zieht am selben Strang, er ist meine eigene Variante, ich müßte mich selbst aufgeben; der Apotheker, der mich zu sich einlud, um mir zu sagen, daß die Kirche verabsäumt hat, eine ihr entsprechende Stellung zu beziehen, und dadurch den Tod vieler Menschen zuläßt. Er sagt die Wahrheit, die zwei Fliegen auf einen Schlag trifft, er ist sich klar, daß sie ein Verhängnis für ihn sein könnte; der Versicherungsvertreter, der wissen wollte, was ich über das Schloß weiß – ich muß mir seine Stellung vergegenwärtigen: er leidet an der Leber, seine Frau ist zu Tode krank, deren Schwester den Schergen ausgeliefert. Er hätte einen Grund zur Resignation oder zur Denunziation aus Gleichgültigkeit oder Schadenfreude – nein, er trägt schon lange die Last unter den bedrückenden Umständen und lehnt sich nicht dagegen auf. Nur die Umstände der Zeit überfordern mein Nachdenken über die Personen und deren Umgebung. Die, die diesen Zeitgeist tragen, suchen Deckung vor dem eigenen Gewissen und vor dem, der sie durchschaut. Daß ich in meiner Stellung diese Deckung durchbreche, ist nicht selbstverständlich, wohl aber durch meine Einstellung, die klar zu sein scheint; deshalb könnte ich einmal an den Unrechten kommen. Doch ich bilde mir nicht ein, daß ich so wichtig bin; schließlich nehme ich keine Schlüsselstellung ein, andererseits braucht es das nicht, wie Beispiele zeigen. Man hat nämlich Angst, es ist Gewissensangst, die immer verdrängt wird, nie geklärt. Das führt zur Stauung und Eruption, die alles mit sich reißt, auch Menschen, die keine Schlüsselstellung einnehmen.

Der Arzt ist aufgestanden. Ich werde von ihm keine Erklärung seines Verhaltens verlangen. In diesem Augenblick rätsle ich nicht an seiner Persönlichkeit herum. Da ich sehr selten krank bin, hat er keine Gelegenheit, in meine Wohnung zu kommen und die Beichte zu verlangen. Es ist klar, daß er nicht in den Beichtstuhl geht. Von ihm habe ich nichts zu befürchten. (Wieder dieser ruinöse Zweifel.) Ich gehe einen Schritt weiter und sage, während ich mich von meinem Stuhl erhebe, daß ich gefragt worden sei, ob ich in der Stellung als Seelsorger ins Schloß hinein dürfe. Er sieht mich gerade an und wartet, daß ich weiterspreche. So stelle ich ihm die Frage, ob er als Arzt ins Schloß geholt werde. Er schüttelt den Kopf und sagt, er denke, daß man dies nicht für nötig finde. Ich erwarte, daß er zu reden fortfährt, doch er schweigt. Es liegt an mir, das Schweigen zu deuten, und ich denke, er weiche aus, wie immer, wenn ihm außerhalb des Berufes eine Stellungnahme abverlangt werde. Letzten Endes möchte ich ihm nicht unrecht tun; er dient keiner

Konfession und keiner Weltanschauung, sondern dem Menschen als Arzt, und das für Freund und Feind. Die Menschlichkeit, die von ihm ausgeht, ist nicht zu leugnen, und sie stellt sich mehr in Handlungen als in Worten dar. Ich sage, daß ich ihn verstehe. Er sagt Hochwürden zu mir, eine Bezeichnung, die er auch auf der Straße verwendet, er neige dazu, um jedem Irrtum vorzubeugen, das Absolute als nicht deutbar zu verstehen, lasse es auf sich beruhen und sehe alle Erscheinungen als relativ an. Diese Einstellung warne ihn vor jeder einseitigen Stellungnahme. Aber was recht und unrecht sei, werde wohl zu beurteilen sein, sage ich. Das sei Voraussetzung, sagt er, auch Maßnahmen gegen das Unrecht und für das Recht bereit zu haben, sei angebracht, nur der Gedanke, das Unrecht ausmerzen zu können, sei Utopie. Er geht ein paar Schritte auf die Tür zu. Jedes Leiden, fährt er fort, dem die Kreatur ausgesetzt sei, wäre eigentlich ein Unrecht, das ihm geschieht, denn jede Kreatur und insbesondere der Mensch habe ein Recht auf Glück, auf das Freisein von Leiden; auch dieser Gedanke sei Utopie. Er, der ausschließlich mit dem Leiden zu tun habe, brauche doch mir, dem Priester, nichts zu erzählen. Als Arzt habe er früher das Leiden als seinen Widersacher betrachtet, doch jetzt sehe er es als Erscheinung an, der man nicht beikomme, und das mit einer Beimischung von Verständnis. Er tue alles, um dem Leiden beizukommen, aber nur im Hinblick auf seine Unausrottbarkeit. Das sei eine Erfahrung, Hochwürden, sagt er, die mit der Haltung als Christ vereinbar sein müßte. Ich nicke und sage, wenn auch etwas anders ausgedrückt. Er hört meinen Einwand, beachtet ihn aber nicht. Plotin, fährt er fort, schreibe ungefähr, daß das ganze Leben, Glück und Leiden, als ein Wechsel von Szenen auf der Bühne zu betrachten sei, auf der sich nicht die Seele des Menschen beklage und sich freue, sondern sein äußerer Schatten, und somit sei die ganze Erde als Bühne dieser Schattenwesen zu betrachten. Diese Einstellung treffe sich doch mit meiner Religion oder Weltanschauung, sagt er, dazu erwähne er, daß Plotin auf Augustinus eingewirkt habe.

Ich dürfe nicht glauben, daß er sich besonders mit Philosophie befaßt habe, nur vorübergehend, um seiner Haltung Stützen zu geben. Er geht auf mein Bücherbord zu, betrachtet einige Titel. Da werde er nichts dergleichen finden, möchte ich sagen, schweige und überlege, Plotin sei nicht da, wohl die Bekenntnisse des Augustinus und die Nachfolge Christi von Thomas von Kempen, noch von meinem Vorgänger, einige andere Schriften, unbedeutend, auch Heimatromane, die die Haushälterin hin und wieder liest. Ich traue ihm keine besondere literarische Bildung zu, die auch ich nicht habe. Er wendet sich an mich und sagt, leider sei ich selten krank, so daß wir keine Gelegenheit hätten, uns zu unterhalten, lächelt und fährt fort, meine Gesundheit sei zu begrüßen, jedermann lebe heute einfach, ich würde sehr, sehr einfach leben, wenn nicht dürftig, er sage es, ohne mich beleidigen zu wollen. Sein Einkommen als Arzt ermögliche es ihm, gut zu leben, auch über den Schwarzmarkt Lebensmittel zu beziehen, aber dort habe das Geld keinen Wert mehr. Nun komme er vom Gespräch ab. Er bleibt am Bücherbord stehen. Man müsse trachten, lenkt er ein, womöglich nicht in eine der Rollen in diesem Drama hineingezogen zu werden; das habe nichts mit Ignoranz zu tun; das Drama rolle ab, gegen diese Tatsache könnten wir beide nichts tun oder sehr wenig, und am besten, wie bisher, die Pflicht. Er stelle sich die Schlachtfelder vor, die er im Ersten Weltkrieg als ganz junger Arzt kennengelernt habe; seine Pflicht sei es gewesen, in aller Ruhe seine Arbeit zu tun, obwohl ihm nicht immer der Sinn danach gestanden habe. Wir kommen auf die Dorfbewohner zu sprechen, auf Parteileute auch, streifen einige Aspekte mit vorsichtigen Andeutungen, der Zuhörende respektiert, was der Sprecher sagt. Sobald wir typische Zeiterscheinungen anschneiden, mahnt uns gewohnheitsmäßig, und in diesem Fall ganz ohne Grund, die Vorsicht; bei ihm ist es Routine, Stellungnahmen zu vermeiden, bei mir Rücksicht; ich will ihn nicht aus der Reserve holen. Eigentlich bin ich froh um das Gespräch. Er sagt, ich gehorte ins Bett, doch ich lasse mir nicht nehmen, ihm die Tür zu öffnen und nach der Haushälterin zu rufen; sie ist in unmittelbarer Nähe, gewiß aus Neugier. Ich ersuche sie, den Doktor hinunter zu geleiten. Er bedankt sich, als habe er etwas empfangen. Lange höre ich auf die Schritte der beiden, die die Stiege hinuntersteigen, schließe leise die Tür und gehe ins Bett.

Es fröstelt mich. Das Fieber spüre ich in Wellen durch den Körper jagen, höre den Arzt sprechen und folge seinem Mienenspiel. Jetzt habe ich Zeit, darin zu forschen. Es öffnet sich mir nicht hinter dem alltäglichen Ausdruck, der sich im Umgang mit den Patienten ausgebildet hat. Doktor Mahler hat sich für den Nahestehenden nicht verändert in den zwanzig Jahren, da ich ihn kenne. Als Kooperator war ich eifrig bestrebt, die Menschen direkt anzusprechen und ließ es mir nicht nehmen, sie in ihren Wohnungen und Häusern aufzusuchen. Blind und taub für Widerstände, machten mir auch Hinauswürfe nichts aus. So geriet ich an Doktor Mahler, an einem Abend, denn untertags, das wußte ich, hatte er keine Zeit. Das Hausmädchen meldete mich. Es dauerte lange, bis er kam, während ich im leeren Warteraum saß. Er war in Hausschuhen und Hausjacke, rauchte eine Zigarre und empfing mich jovial. Nachdem seine erste Frau verstorben war, hatte er damals zum zweiten Mal den Hausstand gegründet. Wir hatten uns bisher nur auf der Straße flüchtig begrüßt. Schon nach den ersten Worten spürte ich, daß ich es nicht leicht haben werde, nicht mit der bisher angewandten Art und Weise zu sprechen ankäme; in meiner Not schob ich alle bisherigen Vorgangsweisen zur Seite, übersprang einige Jahre und erinnerte mich an die unzähligen Gespräche während der Studienjahre: Wortschatz – Anwendung – Fragestellung – Entgegnung –; doch nichts dergleichen wandte ich an; aus einer anmaßenden Sicherheit gerissen, gewann ich zwar Halt in der Erinnerung, wurde aber auch offen für die Antwort des Arztes auf meine Frage, wie es um sein Christentum stehe. Es stehe gut, sagte er und lachte mir ins Gesicht, als lachte er mich aus. Hochwürden könne ja sehen, wie er lebe und handle, und urteilen, ob es der Lehre Christi entspreche. Und mit meinem Ja-Aber kam ich nicht weiter, denn er fragte, ich solle ihm sagen, worin er mit seinem Leben und Wirken dagegen verstoße, fegte das Ja-Aber vom Tisch und kam meiner Entgegnung zuvor; die Forderungen der Kirche nehme er nicht an, beziehe sie nicht auf sich. Ich hatte ein paar Einwände bereit, doch entweder sie gelangen mir nicht oder ich kam nicht dazu, sie vorzubringen. Wir waren in ein Zimmer getreten, er bot mir eine Zigarre an, die ich ablehnte, sprach über das Leben im Dorf, das Kleinkarierte, das einem aufgeprägt werde, wenn man sich nicht dagegen wehre, mir, sagte er, käme dabei der jugendliche Eifer zugute, der mich schützte, den man mir aber übelnehme, weil ich mich damit zur Wehr setzte. Tanzen, wie andere pfeifen, sei eine Überwindung, sagte er, aber gerade deshalb könne man sicher sein, daß die anderen bald tanzten, wie man pfeife, ohne daß sie es merkten. Er sprach noch eine Weile so weiter, und ich spürte, daß ihn mein Eifer, wie er es nannte, anregte, sich bei jemand auszusprechen, den er dafür als geeignet empfand. Als er die Zigarre zu Ende geraucht hatte, stand ich auf.

Seit damals bin ich nicht mehr in seinem Haus gewesen. Wie gesagt, bin ich nicht oft krank, und wenn es nötig ist, kommt er zu mir. Mein Eifer, die Menschen in ihren Häusern und Wohnungen aufzusuchen, war nicht gebrochen, doch ich war gewarnt und vorsichtiger geworden.

6

In dem Augenblick, als Andreas Doblauer zum Schlag ausholte, oder mit Arm und Hand die Geste vollführte, den Schlag andeutend, spürte er sich von seiner Mutter am Arm gefaßt, was ihn so irritierte, daß er die Hand sinken ließ und seine Mutter ansah; die bemerkte in seinem Gesicht die zornige Grimasse, mit der er seine Frau angestarrt und gegen die er auch die Hand erhoben hatte, die nun schlaff herabhing, während in seinen Blick der Vorwurf gegen die Mutter trat, weil sie es gewagt hatte, ihn zu hindern, seine Frau zu schlagen. Auch seine Stimme war gebrochen und zu einem Zischen geworden; er richtete an beide Frauen die Warnung, er werde sich von ihnen nichts gefallen lassen.

Seine Mutter kannte seine Ausbrüche, ihre Art, und wie sie verliefen, sie schwieg und wußte, daß sie ihn damit nicht beruhigte, sondern nur reizte, gleichzeitig aber eine Phase einleitete, die von nicht-eingestandener Reue bestimmt wurde und seine Wut in sich zusammenfallen ließ. Er werde von sinnlosen Vorwürfen geleitet, die er gegen jedermann und alles erhebe, sagte seine Mutter, wenn er sich beruhigt hatte. Dann schwieg er, und die Mutter nützte das Schweigen, um eindringlich mit ihren Vorhaltungen fortzufahren; er beendete sie, indem er aus dem Raum ging, worauf die Frauen ihn im Hof oder in einem der Gebäude rumoren hörten, wo er seinem Unmut freien Lauf ließ.

Wenn er Valerie zu schlagen versuche, bekomme er es mit ihr zu tun; es war die sich wiederholende Entgegnung der Mutter auf seine stetige Drohung, er werde sich nichts gefallen lassen. Er schlage nicht zu, tue nur so, tröstete die Mutter Valerie. Diese reizte ihn durch ihr teilnahmsloses Verhalten, in das sie sich, selbstschützend, zurückzog, oder durch die paar Worte, die sie in diesem Zustand aussprach, zurückhaltend, fast unpersönlich, ohne Rücksicht auf seine Wutausbrüche. Sie stand da, ihm eine Schmalseite des Körpers zugewandt, die Hände bis zu den Hüften erhoben, deutete sie eine hilflose Abwehr an, die er merken mußte, oder sie hatte sich mit einigen Schritten hinter einen Stuhl oder den Tisch geflüchtet und schaute ihn nicht an. Er hatte wieder gesagt, sie tue nur das, was ihr passe, und nicht das, was nötig sei, und sie entgegnete, ausnahmsweise antwortend, sie mache die Arbeit wie zu Vaters Zeiten, was seinen Unmut steigerte. Er hörte es ungern, wenn in seiner Gegenwart vom Vater gesprochen wurde, und geriet außer sich, wurde das Wort Vater im Zuge einer Auseinandersetzung genannt; er wisse, sagte Valerie einmal zu ihrer Schwiegermutter, daß der Vater, im Gegensatz zu ihm, ein guter Mensch sei. Die Mutter verteidigte den Sohn, er sei kein schlechter Mensch, nur jähzornig und unbedacht im Reden und Handeln; Valerie führte den Gedanken weiter und sagte, vom Vater habe er dies nicht, der sei nie jähzornig und unbedacht gewesen. Die Schwiegermutter erwiderte, ob das Verlassen der Familie und des Hofes nicht unbedacht gewesen sei. Valerie gab keine Antwort mehr.

Elisabeth Doblauer wunderte sich über Valeries Gedanken, die zeigten, daß sie über manches nachdachte, doch nicht immer bereit war, es auszusprechen. Mit dieser Art erinnerte sie Valerie an ihren Mann; er hatte seine Gedanken immer verschwiegen, und wenn er sich genötigt fühlte, sie auszusprechen, deutete er sie nur an und verstummte, als habe er bereits zuviel gesagt. Diese Art zu schweigen und zu reden, hatte sie nie verstanden, begriff sie aber jetzt, im Umgang mit Valerie. Ihr eigenes Temperament hatte es nie zugelassen, etwas zu verschweigen, sie mußte es sagen, um es loszuwerden, auch hatte sie es in ihrer Jugend nicht anders erlebt; in der Familie, aus der sie kam, war alles ausgesprochen worden, was oft ausgedehnte Debatten zur Folge hatte, die meist ohne Ergebnis geblieben waren. Nur die Gemüter hatten sich abgekühlt.

Sie hatte dieses Benehmen hierher verpflanzt, doch es war nicht gewachsen; Matthäus Doblauer hatte geschwiegen oder sich nicht auszudrücken verstanden, wie sie bisher glaubte; er ließ sie reden, als sei es ihm unangenehm, daß sie meinen könnte, sie bringe ihn zum Antworten, wenn sie sprach. Je mehr sie redete, umso mehr zog er sich zurück in ein verstärktes Schweigen und in die Arbeit; ganz plötzlich war er weg, noch ehe sie den Satz ausgesprochen hatte, war nach draußen gegangen. Ihn dort aufzusuchen und ihn zum Reden zu bringen, war vergeblich. Hin und wieder brachte er einen Einwand vor, zögernd und kurz, eine Mahnung an die Vernunft; denn es ging, insbesondere später, immer um Zwistigkeiten, die niemand befriedete und ein vernünftiger, doch zu wenig gewichtig vorgebrachter Einwand von ihm höchstens für den Augenblick stillegte. Sie schlug diese Einwände mehr oder minder in den Wind; ganz ohne Aufwand, still, fast zaghaft vorgebracht, als halte er selbst nicht viel von ihrer Wirkung, blieben sie echolos. Sie wußte es immer besser, vertraute darauf, den Zwistigkeiten mit vielen Worten beizukommen, stieß aus sich heraus, was sie bedrückte, vermeinte sie in den Griff zu bekommen, schob sie nur weiter weg, ohne zu einer Lösung zu gelangen.

Sie suchte sich bald ein anderes Publikum; dies zur Zeit, als Valerie ins Haus kam. Drei Frauen im Haus waren überflüssig; obwohl sie auswärts ging, Maria, die Tochter, draußen mit dem Vater arbeitete, blieb der Stand der Personen, drei Frauen zwei Männern gegenüber, bestehen. Elisabeth Doblauers Kenntnisse der Heilpflanzen, ihr von ihrer Mutter überkommen, befähigten sie, Tees zu bereiten, die sie dem Vieh in den Ställen der Nachbarn und bald in der näheren und weiteren Umgebung gegen verschiedene Krankheiten verabreichte. Man rief sie, holte sie mit einem Gespann, bezahlte sie, schätzte ihre gesellige Art, wie sie sprach und sich auszudrücken verstand.

Annähernd in dem Maße, als sie sich im Haus von der Frauenarbeit zurückzog, tat es der Sohn Andreas von der Stall- und Feldarbeit; er weigerte sich, mit dem Vater zusammen zu arbeiten, insbesondere, da Maria seine Stelle einnahm; es machte ihr Freude, mit dem Vater draußen zu arbeiten, und sie überließ, von Ratschlägen abgesehen, Valerie die ganze Hausarbeit. Andreas Doblauer ging eigene Wege, verrichtete die Arbeiten, die er sich vorbehielt oder ihm verblieben, allein und nach seinem Gutdünken, jedenfalls nicht so, wie es der Vater wünschte, und die Mutter verteidigte ihn und sagte, es sei wohl nichts Schlechtes, wenn er nach seinem Dafürhalten arbeite, was hieß, sich nicht dem Willen der anderen unterwarf. Niemand antwortete, und sie erwartete es nicht. Da der Sohn nicht nur trotzig, sondern auch wortkarg war, übernahm sie es, für ihn zu reden und ihn vor dem Vater und der Tochter, die bald eine Front gegen sie und den Sohn bildeten, zu schützen. Manchmal hatte sie das Gefühl, sie beiße mit ihren Worten auf Stein, da die Gemüter, ob sie nun langmütig oder heftig sprach, ungerührt blieben.

Die Tochter Maria, im Grunde weniger schweigsam, folgte dem Beispiel des Vaters. Ihre immer stärker werdende Bindung an ihn vollzog sich gleichzeitig mit der zwischen Mutter und Sohn; die Fronten wurden härter. Am eindeutigsten betroffen waren die Männer; sie sprachen immer weniger miteinander, bis jede Verständigung, auch die notwendige bei der Arbeit, wenn es sich einmal ergab, aufhörte. Die Mutter ließ sich vor der ganzen Familie aus, scheute nicht zurück, Fragen Außenstehender bedenkenlos zu beantworten, etwa, wie sie zu Mann und Sohn stehe. Der Sohn mied den Anblick des Vaters, sprach schlecht von ihm, unbedacht jäh oder vergrämt, und zog sich in sich selbst zurück, in eine Isolation, aus der ihn später auch die Mutter nicht befreien konnte. Der Vater merkte es und sagte nichts, weniger absichtlich, als unfähig, mit seiner Frau zu sprechen; er fürchtete auch ihren Wortschwall, gegen den er nicht aufkam. Er verrichtete seine Arbeit in gewohnter Weise, setzte alles daran, nicht aus dieser Ordnung zu kommen. Er hatte nichts gegen den Sohn, war nur durch die jahrelange Erfahrung der Ansicht, das Wohl des kleinen Hofes im Auge, er tauge nicht recht zur Arbeit hier, habe vielleicht das Zeug zu einem anderen Beruf, sagte es seiner Frau, hielt ihr auch vor, sie tue nichts gegen die üble Gewohnheit des Sohnes, das Geld im Wirtshaus loszuwerden, ja stecke ihm sogar heimlich Geld zu.

Mutter und Sohn deuteten die Absichten des Vaters auf ihre Art: er wolle die Mutter umstimmen, den Hof nicht dem Sohn, sondern der Tochter zu übergeben, aus dem Grunde halte sich die Tochter auch an den Vater. Der Sohn sah sein Betätigungsfeld eingeengt, und obwohl es ihm unter anderen Umständen nichts ausgemacht hätte, störte es ihn jetzt; er merkte nicht, daß er selbst es war, der es einengte. Der Vater, in seinem Widerwillen gegen jede Auseinandersetzung, litt darunter, war aber der Ansicht, er dürfe zum Wohle des Hofes nicht aufgeben; er spürte die Enge, in die sein Sohn geriet, konnte ihm aber nicht helfen. Mit zunehmendem

Gleichmut nahm er die zur Geltung kommende Stellung seines Sohnes hin. Sein einziges Argument dagegen blieb wirkungslos: die Erhaltung des Hofes, wobei persönliche Ansichten und Wünsche zurücktreten müßten. Seine Frau empfand diese Aussage als Deckung seiner eigentlichen Absicht, die er, solange sie am Leben war, nicht verwirklichen konnte; sie hatte den Hof von einem Onkel geerbt; im geeigneten Augenblick galt ihre Bestimmung.

Die Auseinandersetzungen milderten sich, als Valerie ins Haus kam. Sie stand diesen unvorbereitet gegenüber. Eigentlich hatte sie nicht selbst bestimmt, man hatte sie zur Ehe überredet, und als sie einwilligte, glaubte sie, es freiwillig zu tun. Sie sah in der Ehe einen Ausweg und eine Lösung; ihr Vater war Trinker, und da sie Mitleid mit ihm hatte und ihn über das Laster hinaus verstand, auch weil er der Vater war, was er spürte, war sie in eine Abhängigkeit geraten; neben dem Verständnis für seine Lage wollte sie ihn nicht enttäuschen, was ihr bald zur Last wurde. Der Vater hängte sich an sie. Bald wehrte sie ihn ab und sagte, sie habe auch ein Leben vor sich. Andreas Doblauer hatte nicht selbst um sie geworben; er war gekommen, zu Fuß, im Sonntagsanzug, als es schon beschlossen war, daß sie seine Frau werden sollte.

Sie erinnerte sich an jede Einzelheit, und die Erinnerung vermittelte ihr ein überdeutliches Bild, wenn er vor ihr stand, sie wütend anstarrte und zu schlagen versuchte; das war also der Mensch, der ins Haus ihrer Eltern gekommen war, steif, wortkarg, fast scheu, die Hände in den Taschen des schwarzen

Anzuges, die, wenn er sie herausnahm, unbeholfen herabhingen. Sie hatten sich schon gekannt, waren auf dem Markt in der Stadt oder auf dem Weg dorthin zusammengetroffen, ohne sich etwas zu denken, und sie hatte damals nur Nachteile an ihm wahrgenommen: seine Vierschrötigkeit, sein großes eckiges Gesicht, sein stark gekraustes, dunkles Haar und seine schwarzen, stechenden Augen. Sie war selbst dunkel und hatte während der Schulzeit einmal einen blonden Freund gehabt. Andreas Doblauer hatte getan, als sei alles abgemacht, er komme nur her, um das Versprochene entgegenzunehmen, denn seine Mutter hatte die Beziehungen geknüpft.

Als Valerie ihn zur Tür hereinkommen sah, hatte sie das Gefühl, er hole sie mit Gewalt. Die Gestalt und Einzelheiten daran mit einem Blick erfassend, wandte sie sich ab, lauschte auf seine Stimme, die, wie ihr schien, zu verbergen suchte, was seine Erscheinung ausdrückte: die Gewalt. Die Stimme war eher klein und zurückhaltend. Er sprach mit ihrer Mutter Alltägliches. Nachdem die Mutter hinausgegangen war und sie beide allein waren, schwieg er und sagte dann langsam, daß es gut sei, freundlich aufgenommen zu werden. Sie dachte, von der Mutter. Der Vater kam und machte eine Szene; er sei übergangen worden und habe mitzubestimmen, wen sie heirate und ob sie heirate. Er hatte sich ungebührlich aufgeführt, dann geschwiegen, weil sie ihm streng bedeutete, still zu sein. Es hatte ihr selbst wehgetan.

Später, nachdem der Bräutigam gegangen war

und sie die halbe Nacht im Bett wach lag, war die Veränderung mit ihr vorgegangen, die sie, ohne es zu merken, selbst vornahm; die Einzelheiten, die sie bei seinem Eintreten mit einem Blick erfaßt hatte, verloren die einmalige Bedeutung, milderten sich, legten das Erschreckende ab, flossen zusammen zum Bild eines Mannes, von dem sie sich sagte: er sei eigentlich ein Mann. Sie erinnerte sich an jene Nacht; sie war kalt, der Vollmond machte sie beinahe zum Tag; sie stand auf, ging zum Fenster und bemerkte, daß draußen alles schattenlos war, sie sah Häuser und Bäume wie auf einem Bild. Auch den Mann, den sie heiraten sollte. Diese schattenlosen Bilder hätten sie vielleicht warnen sollen, doch das Gegenteil trat ein; sie meinte, ein Gefühl zu haben wie damals, als sie den blonden Knaben geliebt hatte; sie hatte gewußt, daß er für sie unerreichbar war. Und nun sollte sie das Unerreichbare erreichen. Eine kurze Zeit ihrer Ehe vermittelte ihr noch dieses Gefühl, bis sie die Wahrheit, die sie von sich gewiesen, begriffen hatte: der Mann war der Schatten, der vor ihrem Leben stand.

Sie hatte es aufgegeben, in dem Mann etwas anderes zu sehen; die Vergangenheit hatte keine Bedeutung mehr, die Zukunft war das Leben von einem Tag auf den anderen, das den Kreis einengte. Und sie hatte kein Bedürfnis auszubrechen; die tägliche Arbeit war der Schutz, den der Mann nicht durchbrach, wenn sie in diesem Kreis verblieb. Das erkannte sie bald, die Notwendigkeit erfuhr sie erst, nachdem der Schwiegervater und später die Schwägerin Maria das Haus verlassen hatten. Insbesondere

die Anwesenheit des Schwiegervaters hatte sie als Schutz empfunden. Er hatte mit ihr nicht mehr gesprochen als mit Maria, die zu ihr gesagt hatte, sie glaube, daß der Vater sie möge. An dem Morgen, als er die Truhe mit seinen paar Habseligkeiten auf dem Leiterwagen verstaute und die Kuh vorspannte, gab er deutlich zu verstehen, wo ihr Platz war. Er schien erleichtert und von den anderen nicht zu erwarten, daß sie dagegen waren. Auch er sagte nichts, als sei es abgemacht, daß er fortging, nur dem Benehmen der Schwiegermutter war es anzumerken, daß sie überrascht war, als hätte sie ihn eines solchen Entschlusses nicht für fähig gehalten; sie ging wortlos umher und schüttelte andauernd den Kopf. Maria hatte von dem Entschluß des Vaters gewußt und später zu Valerie gesagt, der Vater habe versichert, er müsse es tun, sonst kehre der Friede nicht ins Haus ein; mehr könne er nicht dazu beitragen, und hatte ihr, seiner Tochter, den Rat gegeben, es ihm nachzumachen. Ob das Leben hier leichter werde, sei nicht gewiß, hatte er hinzugefügt, nun müßten die anderen ihren Teil leisten. Ohne den Vater bleibe sie auch nicht hier, hatte Maria gesagt.
Den schrecklichen Gedanken, daß sie, Valerie, nun allein sei, milderte der Umstand, daß die Schwiegermutter zugänglicher wurde; sie zeigte sich besorgt und nahm sie gegen den Sohn in Schutz. Der merkte es, ließ die Mutter die Enttäuschung spüren und wandte sich gegen sie, was ihn noch mehr in die Vereinzelung trieb; er verkroch sich in die Arbeit draußen, und wenn er zu bestimmten Anlässen ins Haus kam, ließ er seinen Unmut die Frauen spüren;

seine Neigung zu Gewalttätigkeiten trat stärker hervor, aber unter der energischen Abwehr der Mutter brachen sie zusammen; war es soweit, verließ er die Stube und stürzte sich in die Arbeit.

Valerie, mit ähnlichen Vorfällen vertraut, da ihr Vater Trinker war, zitterte dennoch bei jedem Geräusch, das die Annäherung ihres Mannes ankündigte; die Schwiegermutter beruhigte sie anfangs, dann, als sie merkte, daß es nichts nützte, sprach sie ihren Sohn gleich beim Eintreten an, um eine Entspannung einzuleiten, und während des Sprechens trat sie zwischen ihn und Valerie. Somit machte sie deutlich, daß sie Valerie vor ihm schützte. Doch er nützte den Augenblick, wenn es zu einem Wortwechsel kam und die Mutter zur Seite trat, an Valerie heranzukommen. Im hocherregten Zustand wich Valerie weder zur Seite noch zeigte sie Furcht, schien vielmehr erstarrt und bereit hinzunehmen, was auf sie zukam. Dieses Verhalten reizte ihn noch mehr, weil er es sich nicht erklären konnte, andererseits schrieb er es, ohne es erklären zu wollen, ihrer, wie er sagte, Verrücktheit zu; es sei ihr doch alles gleichgültig, auch wenn alles draufginge, schrie er, bereits außer sich, weil er merkte, daß er trotz der offenen Fronten keiner der beiden Frauen beikommen konnte, und nun vollkommen die Beherrschung verlierend, setzte er hinzu, sie aber werde die erste sein, dafür werde er sorgen, worauf ihn die Mutter kurzerhand am Arm packte und zur Tür hinausstieß, was er sich in dem besinnungslos erzürnten Zustand gefallen ließ. Die Mutter schloß die Tür, horchte eine Weile, bis sie hörte, daß er sich entfernte, wandte sich um und blieb nach einigen Schritten überrascht stehen; Valerie stand da, ihr zugekehrt, und lächelte. Elisabeth Doblauer wollte schon fragen, was das zu bedeuten habe, sagte aber nichts und machte sich an ihre Arbeit. Das Lächeln Valeries verfolgte sie, sie vermochte es nicht zu deuten, und letzten Endes beunruhigte es sie nicht; die sonst so verhärmten Züge Valeries, die immer eine innere Spannung ausdrückten, hatten sich gelockert, waren, wie die alte Frau jetzt dachte, schön geworden und verloren den ganzen Nachmittag dieses Lächeln nicht. Die alte Frau ahnte etwas von dem Wissen, das sich in dem Lächeln ausdrückte, auf eine ihr unverständliche Art gefestigt, und gerade das berührte, vor dem sie, die alte Frau, Angst hatte.

VI

Es gibt seit einigen Tagen einen Fremden hier, einen Mann, dem ich immer begegne, wenn ich den Pfarrhof verlasse, und da ich regelmäßig nur am frühen Morgen außer Haus gehe, um in der Kirche die Messe zu lesen, bin ich erstaunt, ihm auch zu begegnen, wenn ich gegen Mittag oder am Nachmittag zur Post gehe oder einen Krankenbesuch mache. Er kreuzt meinen Weg, steht da, schaut in die Luft, wartet im Postamt an einem Schalter, oder ich spüre ihn hinter mir, drehe mich um, und er geht tatsächlich hinter mir her.

Anfangs war es ein Schock, und ich ertappte mich dabei, daß ich mich im Haus auf der Stiege oder sogar im Zimmer, wenn ich allein war, plötzlich umdrehte, mich dann ärgerte, so einfältig zu sein, oder an ein Fenster trat, wie zufällig hinausschaute und den Mann suchte. Ich schätze, er hat mein Alter, sein Äußeres ist unauffällig, ich würde bei einer Begegnung mit ihm gar nichts denken, wenn sie nicht so regelmäßig wäre. Langsam gewöhne ich mich daran, ich werde einen Anlaß suchen, um ihn anzusprechen.

Doch er ist nicht mehr da. Heute fällt es mir auf, als ich am Morgen in die Kirche hinübergehe. Ich gehe langsamer, blicke mich immer um, schaue den Weg entlang, der durch den Friedhof führt, aber der Mann ist nicht zu sehen. Die Erleichterung, die ich verspüre, weicht einem Bedauern, als hätte ich etwas versäumt. Nun habe ich das Bedürfnis, etwas über ihn zu erfahren und warte auf eine Gelegenheit. Mißtrauisch hüte ich mich, irgend jemand zu fragen, von dem ich annehme, daß er den Mann kannte. Ich gehe die Personen durch, die mir vertraut sind; da ist einmal das Fräulein auf der Post, der Briefträger oder eine ältere Frau, die ich morgens regelmäßig vor der Messe im Friedhof in seiner Nähe sah. Doch ich versuche vorerst, mich zu erinnern und die Ereignisse durchzudenken. Ist dieser Mann der älteren Frau nicht täglich in die Kirche gefolgt? Da an Wochentagen nur wenige Leute die Messe besuchen und immer dieselben, kenne ich jeden. Wenn ich zum Eingang der Messe aus der Sakristei komme und mit einem Blick den Kirchenraum überschaue, stelle ich immer wieder fest, wie genau sich die Anordnung, in der diese paar Gläubigen ihre Plätze einnehmen, in mein Gedächtnis eingeprägt hat; jede Lücke in dieser Anordnung oder jede Person, die einen Platz besetzt, der für gewöhnlich nicht der ihre ist, fällt mir auf, und ich versichere mich immer, ob da und dort jemand fehlt oder jemand sitzt, der sonst nicht dort sitzt.

An diesem Morgen fällt mir auf, daß auf einem Sitz im dunklen Schatten des Chores eine Gestalt fehlt, ich denke sofort an den Mann, vergewissere mich, daß der Platz leer ist, und nun weiß ich plötzlich, daß der Mann täglich in der Messe war und dort, im Schatten des Chores, in der Nähe einer Person, die ich kenne, gesessen ist. Ich bin mir nur nicht klar, wie es meiner Aufmerksamkeit entgehen konnte, daß dort jemand sitzt, der früher nicht dort saß, und mir erst dessen Fehlen auffällt. Die Person, die täglich dort in der Nähe sitzt, wo der Mann gesessen hat, eine Frau, mit der ich gern plaudere, wenn ich sie treffe, werde ich fragen.

Ich brauche nicht lange zu warten; zwei Tage später sehe ich sie auf dem Dorfplatz und gehe auf sie zu. Weil es mir auffällig erscheint, verlangsame ich meine Schritte, sehe mich unauffällig um, während mir das Ganze absurd erscheint; warum mache ich soviel Aufhebens um die Person des Mannes? Ein Zufall, daß ich ihm immer begegnete, denke ich, in so einem Dorf keine Seltenheit, ich begegne doch manchem Bewohner fast täglich. Du hast überreizte Nerven, denke ich, doch da bin ich an die Frau herangekommen; wir begrüßen uns, ich frage sie nach ihrem Ergehen, und habe die andere Frage schon ausgesprochen; ihr Nachbar in der Frühmesse fehle mir. Ohne sich über meine Frage zu wundern, sagt sie in einem mitteilsamen Ton, ob ich den Mann nicht erkannt hätte. Da ich sie erstaunt anblicke, lächelt sie verschmitzt und fährt fort: der Bruder des Ortsgruppenleiters, ein ganz anderer, setzt sie leise hinzu. Ich nicke unbestimmt, als wüßte ich vorläufig genug, sie aber spricht rasch und halblaut weiter: ein sehr offener und geselliger Mensch. Ich nicke wieder. Ich bin auch erleichtert, erwidere, daß ich ihm mehrmals am Tage, ja bei jedem meiner Ausgänge begegnet sei. Kein Wunder, sagt sie, sie habe ja gesagt, daß er sehr gesellig sei und sich deshalb häufig auf der Straße befunden habe. Sie beugt sich nahe heran: was hätte er mit seinem Bruder immer reden sollen?, lächelt mich wissend an, ich nicke, wir reden laut über alltägliche Dinge und trennen uns.

Ich bin erleichtert, enttäuscht und auf mich böse; du hast bereits Einbildungen, sage ich mir. Enttäuscht bin ich, weil die Spannung von mir abgefallen ist und mir kein größeres und gefährlicheres Erlebnis zuteil wurde. Ich spüre deutlich den Kreis, der mich einschließt und der, ohne Zweifel, immer enger um mich wird; die Erlebnisse durch das Schloß sind eine Krankheit, die, ohne daß es dem Patienten bewußt ist, seine Gefäße lebensgefährlich verengt. Ich möchte heraus, zumindest den Kreis erweitern, denn auszubrechen wird nicht gelingen; ich muß an kompetenter Stelle mit jemand über die Angelegenheit reden und eine Antwort erhalten. So beschließe ich, mein Vorhaben zu verwirklichen und einen Freund, einen Abt, aufzusuchen, dessen Kloster, zum Schutz gegen die behördliche Willkür des Abzugs der Patres für den Kriegsdienst, vom Bischof zum Kirchenrektorat ernannt worden ist. Ich werde den Frühzug benützen. Doch am anderen Tag zaudere ich ohne Grund, vielleicht habe ich Angst, ich könnte den Abt beunruhigen oder ihn veranlassen, seine Probleme aufzuzählen, so daß ich mich mit meinem Anliegen zum Schweigen verurteilt sähe.

Wie gut ich daran tat, die Reise zum Kloster nicht zu unternehmen, erfahre ich am darauffolgenden

Morgen. Dazu muß ich vorausschicken, daß ich vor etlichen Wochen, auch in einer spontanen Regung, an unseren Kapitelvikar, Seine Exzellenz, den Bischof der Diözese, einen Brief schrieb mit der Bitte um Audienz, ohne die Bitte zu begründen, wie das sonst üblich oder sogar verpflichtend ist, nachdem ich im ersten Schreiben, das ich zerriß, hinzufügte: aus Gründen des Konflikts zwischen meinem Gewissen und der außergewöhnlichen Umstände hier im Bereiche der Gemeinde –, nur um eine Gefährdung zu vermeiden, wenn der Brief in falsche Hände gerate.

Ich habe keine Antwort mehr erwartet. Nun kam sie. Es ist kein Grund für die Verzögerung genannt, meiner Bitte wird stattgegeben, ich werde eingeladen, Tag, Stunde sind angeführt und der Ort, der Diözesanhof. Als ich damals das Schreiben absandte, kamen mir Zweifel, nicht daran, ob ich richtig handelte, als vielmehr an mir selbst, ob ich mich deutlich machen könnte, und ob das, was ich deutlich machen würde, dort dieses Gewicht besitze wie hier, in meiner entlegenen Pfarre; ich habe nach oben zu wenig Einsicht, dort gelten Regeln, die es hier nicht gibt, es bestehen Beziehungen, Bereiche, Ebenen, deren Mechanismen mir fremd, ich möchte sagen, die für mich unverbindlich sind. Schon geringe Formalitäten bereiten mir Unbehagen; ich werde zwar den Kapitelvikar mit Seine Exzellenz ansprechen, da ihm angesichts der außergewöhnlichen Situation der Heilige Vater die Rechte des residierenden Bischofs verliehen hat, weiß aber, daß das Netz der Formalitäten Löcher besitzt, durch die ich fallen könnte, setze aber voraus, daß ich nicht weit fiele, meiner Position eingedenk, der höfische Sitten fremd sind. Ich bete um die Kraft durchzuhalten. Am besten ist, nicht daran zu denken. Es fällt mir nicht schwer, wenn ich nicht durch einen Hinweis von außen darauf aufmerksam werde, wie abgeschieden und ohne Zuwendungen von seiten übergeordneter Stellen man hier lebt. Einen Vorwurf mache ich niemand. Der Verlauf der Dinge hat eine Notwendigkeit, die nicht durchschaubar ist und in die ich mich gern ergebe, ja ich schöpfe Kraft aus dem Nichtvorhersehbaren, auf die Art, daß ich mich mit ihm verbinde, indem ich es erwarte; der Tag, an dem ich in die Stadt fahre, rückt näher. Den Zweifeln stelle ich die Gewißheit entgegen, die mir mein unbeeinflußtes Gewissen vorsagt, daß ich bei mir selbst und daher auf dem richtigen Weg bin.

An dem Tag, es ist ein Dienstag, gehe ich sofort nach der Messe los, in meinen Umhang gehüllt und den Schirm nahe vorm Gesicht. Es regnet, und ich begegne nur wenigen Menschen. Meine Schuhe werden dem Wasser nicht standhalten, auch wenn ich den ärgsten Pfützen ausweiche. Ehe ich in den Warteraum des kleinen Bahnhofes trete, um die Fahrkarte zu lösen, schüttle ich die Nässe von Mantel und Schirm. Der Beamte nickt mir zu. Drei Fahrgäste sind in dem Raum, und ich bin froh, daß mich keiner in ein Gespräch zieht. Als der Zug hält, steige ich ganz hinten ein und suche mir einen Sitzplatz in einem Nichtraucherabteil. Es sitzen ein paar Frauen hier, die zur Arbeit fahren, und ein alter Mann. Die Waggons sind nicht geheizt, und ich lege meinen feuchten Umhang nicht ab. Ich gebe mich dem Wechsel der Landschaft im Regen hin, beobachte durch die vor dem Fenster liegenden Regenschnüre die Schwaden, die, von den Böen getrieben, über die kahlen Felder ziehen, sich wie Vorhänge bauschen und, aufeinanderprallend, zu Boden sinken. Die Gespräche der Mitreisenden will ich nicht verstehen, so eingesponnen bin ich von dem, was ich sehe, und von dem Ereignis, das auf mich zukommt. Ich habe Seine Exzellenz ein einziges Mal kurz beim Begräbnis seines Vorgängers gesehen und bin überzeugt von seinen Fähigkeiten. Zweifellos hat das Kathedralkapitel den richtigen Mann zum Nachfolger gewählt. Seine Predigten und Hirtenbriefe zeugen von der richtigen Einschätzung der Lage, doch, und das muß ich sagen, bei allem ist mir ein wenig zuviel Diplomatie, zu große Glätte. Gott verzeih mir die Kritik! Man rühmt seine ausgezeichnete Verhandlungsfähigkeit mit der Gegenseite. Ich werde immer traurig bei dem Gedanken und spüre, wie weit entfernt das alles von den eigentlichen Inhalten des ursprünglichen Glaubens ist. Deshalb wird mir bewußt, was ich da eigentlich wage.

Der alte Mann neben mir ist eingenickt. Im wachsenden Licht draußen wird die Landschaft immer gleichmäßiger und eintöniger. Die Lokomotive pfeift oft, da die Gleisanlage viele unbeschrankte Straßen überquert. Die Schaffnerin kommt, ich gebe ihr meine Fahrkarte, die sie durchlöchert, ohne mich anzusehen. Sie stupst den alten Mann an, der erschrocken aus dem Schlummer fährt und in allen Taschen nach der Fahrkarte sucht. Als er sie gefunden hat, sagt die Schaffnerin, na sehn S', und geht weiter. Der alte Mann blickt ihr hilflos lächelnd nach. Er steigt eine Station vor der Stadt aus, und ich mache mich fertig, obwohl der Zug noch die weiten Anlagen des Verschubbahnhofes passieren muß; ich stelle mich an die Waggontür. Hier ist es trostlos; das Gewirr der Geleise schimmert matt im trüben Licht, und der Regen trieft auf Schotter und Beton.

Die Stimmung im Bahnhof legt sich mir auf den Magen; alles ist feucht und grau, ein Kiosk, Zeitungen, ein paar Bücher, in der Auslage leere, vergilbte Zigarettenpackungen, Menschen mit verschnürten Kartons und Koffern, sie sitzen auf ihrem Gepäck oder gehen umher, um sich die Füße zu vertreten, und lassen das Gepäck nicht aus den Augen. Doch die Anonymität, die mich einschließt, tut gut. Auf der Straße atme ich auf, das Gefühl im Magen verschwindet langsam, dafür spüre ich die Beklemmung, die mich immer, eigentlich grundlos, in der Stadt befällt. Ich meine, das bewirkt das nicht durchschaubare Gehaste, mit dem einer den andern ansteckt und das jeder, wie gehetzt, durchhält. Und es geht kein Kontakt von einem zum anderen über, wie es auf dem Lande der Fall ist. Ich schaue auf die Uhr, und da ich Zeit habe, mache ich den Weg zu Fuß. Ich melde mich zur Audienz bei Seiner Exzellenz, werde ich zum Portier sagen, erleichtert, daß ich weder bitten noch warten muß.

Im Diözesanhof war ich bisher zweimal, in Angelegenheiten, die meine Pfarre betrafen; man hat mich zuvorkommend empfangen, doch meine Anliegen, aus mir nicht einleuchtenden Gründen, hinausgeschoben; immer fuhr ich mit dem Gefühl nach Hause, daß das Hier und Dort zwei Welten sind, von deren Unvereinbarkeit ich überzeugt bin und froh war, in das Dorf zurückkehren zu können. Je näher ich der Straße komme, in der sich der Diözesanhof befindet, umso mehr Zeit lasse ich mir. Die Schaufenster interessieren mich nicht, aber ich blicke hinein. Die Zeit vergeht langsam. Ich trete in eine Kirche. Sie ist leer, zwei Kerzen brennen noch auf einem Seitenaltar. Es ist dunkel, auch das Barock hat viel Schwarz. Ich verlasse den Raum, die Bitte um das Gelingen auf den Lippen.

Zehn Minuten vor der befohlenen Zeit stehe ich am Eingang, zögere und klingle, warte, klingle noch einmal, höre gleich darauf Schritte und ein Gemurmel, das erst verstummt, als der Portier die Tür öffnet. Ich sage meinen Spruch auf. Er bittet mich einzutreten. Den weiteren Verlauf des Geschehens kenne ich, er hat sich nicht geändert. Im Foyer lege ich Schirm und Umhang ab, bleibe stehen, der Portier bittet mich zu warten, geht die Treppe hoch. Ich spüre mein Herzklopfen; für mich sind Vorgesetzte immer etwas, was meine persönliche Freiheit einschränkt, fertige Leute, die ich beneide, weil ich in meinem Alter noch nicht fertig bin. Als ich den Portier die Treppe wieder herunterkommen höre, blicke ich ihm entgegen; er gibt mir ein Zeichen, und ich folge ihm. Der Mann ist nur älter geworden, sonst ist alles gleichgeblieben, denke ich, er trägt immer noch denselben Anzug, und die Formalitäten, die er beachten muß, haben ihn noch mehr zum Faktotum geprägt.

Dann stehe ich in dem Raum, höre, wie der Portier hinter mir den Flügel der Tür schließt, worauf ich mich aus der tiefen Verbeugung erhebe und die kleine, fast zierliche Gestalt Seiner Exzellenz vor mir betrachte. Der erste und maßgebende Eindruck, den ich im Laufe des Gesprächs verdränge, ist gezeichnet von der großen Distanz; Seine Exzellenz ist freundlich, aber ich bin überzeugt, ich werde angehört und behandelt wie jeder andere, die Ereignisse der Gegenwart haben Klima und Sprache verhärtet, was einem persönlichen Anliegen die Dringlichkeit nimmt, es zugunsten einer Diplomatie, die mir unbekannt ist und die ich fürchte, unterdrückt. Wir sitzen uns gegenüber. Seine Exzellenz hört mich an, nickt, als wisse er um die Geschehnisse in dem Schloß, was mich in meiner Ahnungslosigkeit verwundert. Ich sage einigemal deutlich Hartheim, um jede Verwechslung auszuschließen. Langsam merke ich, wie sein Gesichtsausdruck verschlossener wird, rede, wundere mich über meine Beredsamkeit, setze ab, um Zeit für einen Einwand zu geben, den ich zu meiner Erleichterung nötig hätte, doch er sagt nichts, zwingt mich weiterzureden, bis ich den Bericht beende mit: wie schwer es sei, es täglich vor sich zu haben und zu ertragen, ohne etwas dagegen tun zu können. Seine Exzellenz schaut mich an. Ich habe einen Augenblick die Vorstellung davon, wie weit das, was ich sagte, von dem, was in den Gedanken seiner Exzellenz vor sich geht, entfernt ist. Zweifel packen mich, ob das, was ich sagte, richtig ist; dabei spüre ich genau, daß ich nichts anderes sagen als denken kann und es auch auszudrücken imstande bin. Das Wort des Vorgesetzten trifft mich: er hoffe, ich werde mich im Laufe des Gesprächs beruhigen. Ich bin versucht zu antworten, nein, solange diese Tatsache bestehe, könne es für mich keine Ruhe geben. Er errät vielleicht die Antwort in meinem Gesicht, die Unruhe, den Zweifel, die Selbstvorwürfe, die ich zur Schau stelle, und die Hoffnung, eine Antwort darauf zu erhalten. Ich hätte wohl das Zeug zum Märtyrer, höre ich Seine Exzellenz sagen, und das wäre, in diesem Fall, eine sehr zwiespältige Sache. Er macht eine Pause und fährt fort: diesen Weg dürften nur charismatisch Berufene gehen, also Menschen, die sich durch außerordentliche Einsprechung von oben dazu bestimmt wissen. Er betrachtet mich eingehend und sagt: nicht aus sich selbst. – Ich habe eigentlich noch nichts Derartiges gesagt, aber er sieht es mir an, und ich sage, um mich zu erklären, Seine Exzellenz müsse sich vorstellen, wie einer in meiner Stellung mit diesen Gegebenheiten lebe, die ihm Tag für Tag das Unrecht und die Unmenschlichkeit vor Augen führten; ich spreche nicht vom Antichrist, wie ich es mir vorgenommen habe. Er hebt die Hand: darin müsse ich meine Aufgabe sehen, die mir von Gott durch die Stellung, die ich einnehme, zugewiesen sei; auszuhalten, wie wir es alle täten, ein jeder an der ihm bestimmten Stelle. Ich kann mich nicht enthalten zu sagen: und das Bekenntnis? Wenn es sich als notwendig erwiese? Darauf er: das sei gegeben, wie schon erwähnt, im Ausharren an der mir zugewiesenen Stelle, in diesem Fall als Pfarrer der betroffenen Gemeinde. Die Umstände aus sich heraus zu beurteilen und danach zu handeln beziehungsweise dagegen einzuschreiten, liege nicht im Bereich der Aufgaben meines Amtes. – Ich habe meinen inneren Aufruhr schon unterdrückt, weiß, daß ich mich ermesse, ein einzelner zu sein und die Sache der Kirche, die Seine Exzellenz vertritt, aus dem Auge zu verlieren. Ich anerkenne die Persönlichkeit, die mir diesen Vorgang ausdeutet, wie der Vater dem Kind, das vom richtigen Weg abgekommen ist, und sehe sie als die Verkörperung der Ordnung an, der wir uns, Diener, zu fügen haben. Vielleicht lasse ich es mir anmerken, jedenfalls deutet er es als Geste der Zustimmung, der Unterwerfung, denn er erhebt sich, sichtlich zufrieden, ich tue dasselbe, trete ein paar Schritte zurück, warte. Er reicht mir mit besorgter Miene die Hand, ich verbeuge mich tief, im Augenblick getröstet und aufgerichtet, weil ich ein Ventil an der, wie ich glaube, richtigen Stelle gefunden habe. Aber schon auf dem Weg durch das Stiegenhaus kehrt der alte Mensch in mich zurück, ich spüre, wie er von mir Besitz ergreift, oder er hat mich nie verlassen. Damit wird mir bewußt, daß ich den Zustand der Beruhigung, den mir Seine Exzellenz aufgeredet hat, aufgebe und die Stimme meines Gewissens wieder einlasse. Der Standpunkt Seiner Exzellenz ist der modus vivendi, denke ich, eine Überlebensformel, die auf Kosten des Gewissens geht.

Ich steige die Stufen ganz langsam hinab, lausche, höre Türschlösser schnappen, Schritte, Amtsbrüder gehen vorüber, nicken, ich nicke zurück, der Portier kommt auf mich zu, als ich die letzten Stufen erreiche; auch er nickt. Ich entdecke in seiner starren

Miene keine Teilnahme, nur den zu seiner Funktion gehörenden Ausdruck, er öffnet die Tür ins Freie, wartet, ohne mich richtig anzusehen, daß ich durch die offene Tür gehe, es kommt mir vor wie ein Hinauswurf, oder als setzte man mich aus. In dem Augenblick, da ich auf die Straße trete, nehme ich mich selbst an, bestätige mir, daß ich einer derer bin, die zuwiderhandeln, indem sie der Stimme ihres Gewissens folgen. Ich kann der Trennung zwischen dem Gewissen und der Einsprechung von oben, wie Seine Exzellenz meinte, nicht zustimmen. Seine Persönlichkeit hat auf mich gewirkt, wenn mein Gewissen nicht wäre, würde ich sagen, sie hat mich gestärkt.

Ich weiß, wann ein Zug zurückfährt, gehe die Straße weiter, sehe immer auf die Uhr, überlege, nicht den nächsten, sondern den übernächsten Zug zu nehmen, weiß nicht, was ich hier tun soll, aber es beruhigt, ziellos durch die Straßen einer Stadt zu gehen, es lenkt ab. Nun stelle ich fest, daß ich manches sagen wollte, wozu ich keine Gelegenheit hatte, weil mich Seine Exzellenz aus der Bahn warf oder mir das Wasser abgrub, die Voraussetzungen waren nicht vorhanden, mir Mut zu machen. Ich hatte mich selbst aus der Hand gegeben. Das einzige Ergebnis, das ich erhielt, ist: ich weiß, woran ich bin; von übergeordneter Stelle bin ich aufgefordert worden, von der Stimme des Gewissens zu lassen; ich bin kein charismatischer Zeuge, werde nie einer sein, dazu fühle ich mich nicht berufen, bin zu schwach oder zu klein, weiß nicht, was in so einem Menschen vorgeht, man spricht von der absoluten

Berufung des Heiligen, doch der Zustand an sich, glaube ich, ist für uns kaum ausdeutbar, ich bewundere die Heiligen, beneide sie aber nicht. Es fehlt mir die Gnade dazu. Nur denke ich, daß der Ruf des Gewissens auch eine Äußerung ist, die den Menschen ausmacht. Und um den modus vivendi zu finden und zu halten, ordnet man diesen Ruf unter; sicher heute eine Form zum Überleben, dazu die Diplomatie, welche verdrängt, was ihr nicht ins Konzept paßt. Auch ich werde mehr oder minder das Nachdenken einstellen, aber mit meinem Gewissen weiterleben müssen.

Das Gehen durch die Straßen ist angenehm betäubend. Und ich brauche das jetzt. Ich betrachte jedes Gesicht, das an mir vorüberzieht, lese daraus Menschliches oder für mich Privates, es sind Blitzlichter, die aufflammen und erlöschen. Will ich mich davon ausruhen, bleibe ich an den Auslagen stehen. Einmal trete ich in eine Buchhandlung, frage nach einem Titel, der mir einfällt, nur um das Recht zu haben, in dem Raum zu sein. Die Buchhändlerin läßt mich eine Weile allein, und ich blättere in den aufliegenden Büchern. Als ein Kunde hereinkommt, verlasse ich den Laden. Es hat zu regnen aufgehört, ich überlege, was ich tun soll, doch ich komme zu keinem Entschluß, weil ich jeden Gedanken, der mich festlegt, wieder verwerfe. Irgendwo sitze ich im Park, auf einer halbtrockenen Bank, sehe den Spatzen und Amseln zu, betrachte die Vorübergehenden, stehe auf und gehe, komme immer wieder in bereits begangene Straßen, auf bekannte Plätze, einmal sehe ich auf der anderen Straßenseite einen befreundeten Amtsbruder, und ich wende mich ab. Was hätte ich zu ihm sagen sollen, ihn belügen? Mir ist nicht nach Aussprache zumute. Auf dem Weg zum Bahnhof trete ich in die Kirche, in der ich am Morgen war. Zwei, drei Gestalten in den Bänken. Ich bleibe ganz hinten stehen. Mit einer kurzen, stummen Ansprache stelle ich mich vor Gott dar und sage, daß ich derselbe sei wie bei meinem ersten Eintritt in diese Kirche.

7

Ein Morgen, Mitte Oktober. Die Regel, nach der es im Hause lebendig wurde, war immer dieselbe, auch wenn sie unterbrochen, ein fehlendes Glied in der Kette übersprungen wurde, denn seit Matthäus Doblauer nicht mehr im Hause war, konnte die alte Frau nicht mit den Geräuschen rechnen, die ihr ankündigten, daß jemand vor ihr aufstand. Sie erhob sich rasch und umstandslos im Dunkel, kam ohne Licht zurecht, da ihr die Reihenfolge, wie sie die Kleidungsstücke beim Ausziehen auf den Stuhl legte, vertraut war. Um in die Küche zu gelangen, brauchte sie nur über das Vorhaus zu gehen. Die Küchentür stand offen, sie schloß die Tür, nachdem sie eingetreten war, und machte Licht. Doch vorher hatte sie einen Blick durchs Fenster geworfen und festgestellt, daß das Wetter, das für diese Jahreszeit zu warm und trocken war, sich verändert hatte; der Punkt, an dem sie morgens beim aufkommenden Dämmerlicht den Zustand des Wetters feststellte, war im Hof der schräg gegenüberliegende Dachvorsprung der Scheune, auf dem sie deutlich den Regen hatte glänzen sehen.

Sie lauschte, doch sie hörte nichts. Und um sich zu vergewissern, daß sie sich nicht getäuscht hatte, ging sie ins Vorhaus, schob den Riegel an der Hoftür zurück, blieb einen Augenblick unter der Tür stehen und trat, da sie sich nicht sicher war, in den Hof. Sie hob das Gesicht gegen den Himmel, streckte die Hand vor und spürte den Nieselregen auf der Haut.

Ihr erster Gedanke war der an die Außenarbeit, die zu erledigen war; ihr Sohn hatte am Vorabend gesagt, er beginne morgen mit der Rübenernte im Grund, was hieß am Grunde der Mulde unterhalb des Hofes, und Valerie aufgefordert zu helfen, die Rüben auf den Wagen zu werfen. Valerie hatte nicht geantwortet, sie antwortete nie auf die gereizt vorgebrachten Aufforderungen, was er als Zustimmung wertete, wenn er gut gelaunt war, bei schlechter Laune die Aufforderung befehlerisch wiederholte, worauf Valerie, ohne ihn anzusehen, nickte. Die alte Frau, noch immer die Hand ausgestreckt und das Gesicht erhoben, erinnerte sich der gestrigen Szene; er hatte sich mit dem Schweigen Valeries zufrieden gegeben; nicht, weil er gut gelaunt, sondern seine Laune gedämpft gewesen sei, dachte die alte Frau, während sie ins Haus zurückging.

Gestern, am frühen Nachmittag, war der Arzt hier gewesen und hatte ihrem Sohn das Schreiben vorgelesen, in dem der Kreisarzt eine der halbjährlichen Routineuntersuchungen seiner Lunge anordnete. Der Arzt hatte gesagt, wann er zu diesem Zwecke in seine Ordination kommen sollte. Ihr Sohn, dem diese Untersuchungen unangenehm waren, hatte genickt und war hinausgegangen, nachdem er zu ihr gesagt hatte, er brauche Valerie zum Kleehäckseln. Der Arzt hatte gefragt, ihrem Sohn durch das Fenster nachsehend, wo der Enkel sei, und sie hatte gesagt, er sei noch nicht von der Schule heimgekommen. Er stand bei ihr in der Küche, hatte es abgelehnt, in die Stube zu gehen und am Tisch Platz zu nehmen, er habe es eilig, müsse noch Hausbesuche machen. Desungeachtet war er noch eine Weile geblieben, versicherte, er störe sie nicht bei der Arbeit, erkundigte sich nach Valerie, nach ihrem Tagesablauf und ob sie ruhig oder ob es schwierig sei, mit ihr auszukommen, und kaum auf die Antworten achtend, stellte er das Bild ihrer Krankheit dar, indem er auseinandersetzte, welche Auswirkungen diese Krankheit habe oder vielmehr wie verschieden ein solches Krankheitsbild sich zeige, je nach Anlage des Patienten.

Die alte Frau erinnerte sich genau, was er gesagt oder wie er es gemeint hatte; bei jedem Anlaß, sobald das Gespräch auf Valerie kam, mit Leuten, die sie mitfühlend oder neugierig fragten, aber insbesondere mit dem Arzt, zu dem sie ein gewisses Vertrauen hatte, wurde sie hellhörig; sie versuchte aus den Worten herauszuhören, was der Sprecher verschwieg. Die Angst packte sie jedesmal, sobald sie die versteckte Vorsicht merkte, mit der mancher ihr eine Frage über Valerie stellte; sie meinte, daß man etwas anderes wissen wollte, als man fragte.

Diese Angst spürte sie auch im Gespräch mit dem Arzt; doch die Angst wurde immer von dem Vertrauen beseitigt, das ihr der Arzt entgegenbrachte. Und sie gab es ihm zurück. Aus seinen sachlichen

Worten sprach ein Trost, ohne daß er darauf hinauswollte. Sie hatte ihn auch gestern gefragt und, wie immer, die Frage nicht deutlicher ausgeführt; er hatte sie angeschaut, den Kopf geschüttelt und gesagt, er wisse nichts, was könne man, in Zeiten wie diesen, wissen, und war auf den Krieg ausgewichen, in Kriegszeiten sei alles ungewiß, das Leben eines jeden von uns; wenn wir gut darüber hinwegkämen, könne man von Glück reden. Aber Glück brauche man. Er hatte ihr Hoffnung gegeben. Sie hatte zu ihm gesagt, um die Hoffnung zu kräftigen, was würde aus dem Kind werden ohne die Mutter. Der Arzt hatte sie noch erinnert, bevor er ging, den Sohn auf den Termin der Untersuchung aufmerksam zu machen, er müsse das Ergebnis dem Kreisarzt melden.

Der Nieselregen halte an, dachte die alte Frau, indem sie den Dachvorsprung betrachtete. Die Dämmerung hatte abgenommen. Das Licht in der Küche aus der schwachen Glühbirne war matt, leuchtete kaum die Ecken und Winkel aus. Die alte Frau wusch Gesicht und Hände über dem Steinbecken, stocherte in der Herdfeuerung die Asche vom Vortag durch, legte Papier und Holzspäne ein und obenauf klobige Holzscheite und entzündete das Feuer. Sie wartete vom Aufflackern bis zum Krachen, Zeichen, daß das Feuer vom Papier auf die Holzspäne übergegriffen hatte, und schloß die Herdtür; der Schein der Flammen, der durch die Spalten an der Herdtür drang, spielte auf ihrer farblosen Schürze.

Zwischen den verschiedenen Handgriffen lauschte sie auf das Feuer im Herd, stellte einen Topf mit

Wasser auf, kämmte ihr schütteres Haar vor einem kleinen Spiegel, rückte den Topf zur Seite, zog mit dem Schürhaken drei Herdringe weg und legte Scheite nach, tat es rasch, denn solange die Feuerung offen war, schlugen Flammen heraus, und zwischen den einliegenden Ringen qualmte Rauch hervor.

Während sie die Ringe einlegte, hörte sie ein Geräusch hinter sich; Valerie war in die Küche getreten, in beiden Händen einen Eimer Wasser. Die beiden Frauen wünschten einander den guten Morgen, verschluckten dabei das Wort guten, während der Vokal o beim Wort Morgen zum Zwielaut aus o und a wurde, die zwei letzten Konsonanten sich in der Kehle verbanden und den Vokal e ausschlossen. Valerie stellte die Eimer neben dem Spülbecken ab, trocknete sich die Hände in die Schürze, kämmte vor dem kleinen Spiegel das Haar, das straff über den halben Rücken fiel, ehe sie es zu einem Knoten wand, den sie mit Haarnadeln aufsteckte, wusch sich, ging ein paarmal hin und her, stellte die Schüsseln auf die Tischplatte in der Stube, legte zu jeder Schüssel einen Löffel.

Bis jetzt hatten die beiden Frauen geschwiegen; sie schwiegen am Morgen, wenn sie den gewohnten Tätigkeiten nachgingen, und immer begann die alte Frau zu sprechen; alltägliche Feststellungen, Fragen, was die Arbeit am Tage betraf. Selten wurde ein Wort mehr gesprochen. Die alte Frau erging sich gern in alltäglichen Überlegungen, die sie laut aussprach, wobei sie hin und wieder Valerie ansah, die für gewöhnlich ihre Handgriffe zaghaft oder zerstreut erledigte oder im Gehen, von einem Gegenstand zum andern, innehielt und auf einen Punkt starrte; die alte Frau begann von etwas anderem zu reden, wenn sie es bemerkte, vom Kind, weil sie wußte, daß sie damit Valerie aus ihrer Starre befreite; diese bewegte sich, setzte aber – und das fiel der alten Frau auf – eine begonnene Tätigkeit nicht fort, wandte sich einer anderen zu, strich mit einer Hand um die Augen und fiel der alten Frau ins Wort, angeregt durch die Erwähnung des Kindes.

Der kleine Andreas kam jeden Morgen als letzter zu Tisch. Valerie folgte der Gewohnheit, ihn zu wecken, wenn die Schwiegermutter den Feigenkaffee in das kochende Wasser bröckelte; der Duft verbreitete sich rasch in der Küche und durch die offene Tür in der Stube, wo Valerie stand und auf dem Tisch Schüsseln und Löffel zurechtrückte; diese letzte Verrichtung verband sich für sie mit dem Duft des Kaffees und mit dem Kind. Sie ging in den ersten Stock hinauf, um das Kind zu wecken und mit ihm in die Küche herabzukommen. Inzwischen war Andreas Doblauer, von seiner Mutter geweckt, die an seine Kammertür klopfte, in die Stube gekommen. Seine Schritte waren laut und seine Tätigkeiten mit groben Geräuschen verbunden, auch wenn er sich zu Tisch setzte, wobei er die Bank rückte und, sich zwischen Tisch und Eckbank bis zu seinem Platz vorschiebend, die Füße nachzog.

Die alte Frau trug den dampfenden Kaffee auf, stellte die Schüssel in die Mitte und legte den Schöpflöffel ein. Man hörte das Kind sprechen, das Valerie in der Küche wusch und kämmte. Dann betraten beide die Stube. Das Kind lockerte mit seinem Geplauder die Stimmung, die beim Mittagessen, wenn das Kind nicht am Tisch saß, gespannt war und schon, sobald das Kind fertig angezogen und mit der Schultasche auf dem Rücken hinausgegangen war, zwischen den Erwachsenen zurückkehrte, bis Andreas Doblauer draußen an die Arbeit ging; zuerst hörte man ihn im Stall nebenan mit dem Vieh reden.

Valerie half der alten Frau das Geschirr abtragen, wenn sie von draußen zurückgekommen war, weil sie das Kind ein Stück auf seinem Weg begleitet hatte. Oft ging sie bis zur Mündung des Fahrweges in die Landstraße mit, hin und wieder ein Stück weiter, und kehrte um, wenn sie auf das Kind trafen, das von einem der umliegenden Höfe kam. Das Kind begrüßte Andreas, trat zu ihm, ohne auf die Mutter zu achten. Die beiden Kinder setzten den Weg fort, und Andreas wandte sich nicht um, Valerie wartete vergeblich; sie wußte es und wartete immer wieder. Hatte die alte Frau den Tisch schon abgeräumt, wenn sie zurückkam, wuschen sie gemeinsam das Geschirr, oder die alte Frau sagte, was der Sohn ihr auszurichten aufgetragen hatte: Valerie müsse ihm bei der Arbeit helfen, und an diesem Morgen, an dem Valerie das Kind wegen des nieselnden Regens bis zur Landstraße begleitet hatte, darauf achtend, daß Umhang und Kapuze das Kind gut schützten, sagte die alte Frau, der Sohn gehe trotz des Regens an die Rübenarbeit, was sie nicht richtig finde, denn es sei noch Zeit, aber wenn er es sich einbilde, sei es ihm nicht auszureden, ja er versteife sich erst recht darauf; sie, Valerie, solle ein Kopftuch umbinden und den alten Tuchrock anziehen, der vom Vater hier hänge; das Tuch lasse lange keine Nässe durch. Man hörte, wie Andreas Doblauer vor dem Haus die Kuh vor den Leiterwagen spannte, und die alte Frau sprach noch auf Valerie ein, als ob sie die Aufforderung des Sohnes, die sie nicht vertrat, und die Unentschlossenheit Valeries, die keine war, in Einklang bringen wollte.

Valerie hatte das wollene Kopftuch umgebunden, hörte die alte Frau reden, sah durchs Fenster, als sei sie betroffen von den Forderungen, die auf sie eindrangen, und entschlossen, ihnen nicht nachzugeben; in Wahrheit befand sie sich in einem luftleeren Raum, in dem ihr niemand etwas abforderte, der sie umschloß und mit sich allein ließ, was ihr ein Bedürfnis war, oder nicht einmal das; denn als sie die Stimme ihres Mannes von draußen rufen hörte, erschrak sie nicht; erst als die alte Frau sagte, er rufe, sie müsse den Tuchrock überziehen, da bewegte sie sich, zog den Rock an, den ihr die alte Frau hinhielt. Diese hörte die Ungehaltenheit aus der Stimme des Sohnes, als Valerie hinauskam, achtete nicht darauf, nahm die Arbeit auf und trat ans Fenster, als sie den Wagen abfahren hörte. Der Sohn schritt neben dem Wagen her, die Leitseile in der Hand, bremste den Wagen ein den steilen Hang hinunter, Valerie ging hinter dem Leiterwagen, und der Abstand dazu wurde immer größer.

Die alte Frau ging an ihre tägliche Arbeit, kehrte die Stube, richtete den großen Kessel und die Kartoffeln für das Schweinefutter, sah sich kurz im Stall um, zwischendurch legte sie im Herd Holz nach, stellte den Kessel mit den Kartoffeln auf und machte sich an die Vorbereitung zum Kochen des Mittagessens. Ab und zu trat sie unter die Haustür und sah in die Mulde hinab; das Rübenfeld lag ganz unten und am Hang und wurde zum Teil von einer davorliegenden Bodenwelle verdeckt, so daß die alte Frau die beiden und das Fuhrwerk nicht sehen konnte, wenn sie sich hinter der Bodenwelle befanden.

Sie hatte die Zutaten für das Mittagessen gerichtet und das Feuer genährt, worauf sie wieder unter die Haustür trat. Es war zehn Uhr dreißig, sie hatte auf die Uhr gesehen und erinnerte sich später an alles ganz genau. Sie sah die beiden Männer, die sich auf dem Fahrweg dem Hof näherten und ließ sie nicht mehr aus den Augen. Es waren Uniformierte, einer der beiden trug einen Karabiner auf dem Rücken, sie sah die Hand am Riemen und den Lauf über die Schulter ragen. Im ersten Augenblick dachte sie an Gendarmen, die in früheren Jahren hin und wieder auf der Suche nach einem Verbrecher am Hof vorbeigekommen waren. Doch die beiden waren keine Gendarmen. Mit dieser Feststellung kam die Angst; es war ihr klar, die beiden kamen, um Valerie zu holen. Es gingen ihr, während sie die beiden unausgesetzt beobachtete, Überlegungen durch den Kopf; sie müsse Valerie verleugnen, sie sei nicht da, sei weggegangen, ins Dorf, heim zu ihren Eltern, oder, Valerie müsse sich verstecken, unten im Gehölz oder am besten im Heu, unter den Strohgarben –, doch es sei zu spät; sie beobachtete die beiden Männer, die so nahe herangekommen waren, daß sie ihre Gesichter erkennen konnte. Dann bemerkte sie, daß der Leiterwagen in der Mulde gut sichtbar war, und auch Valerie, die nebenher ging, sich bückte und die Rüben auf den Wagen warf. Noch hatten die Männer den Leiterwagen, den Sohn und Valerie nicht bemerkt, denn sie schauten unentwegt auf den Hof. In dem Augenblick, als ihr gewiß war, daß sie von den beiden Männern gesehen wurde, trat sie ins Haus zurück. Drinnen blieb sie in der Küche stehen, schaute auf die Wand; das Gefühl, es sei aus, sie könne nichts tun, lähmte sie, die Zukunft ohne Valerie begann vor ihr abzurollen, verdeutlichte ihr das Elend jeder menschlichen Beziehung, sie konnte ganz klar denken, ihre Gedanken waren überklar; es sei soweit, das habe sie befürchtet und erwartet, und innerlich wehrte sie sich dagegen: so nicht, so gewöhnlich, alltäglich, mit diesen beiden Männern, die nicht aussahen, als besäßen sie die Macht. Sie empfand weder Haß noch Verachtung, die Männer waren ein ganz gewöhnliches Werkzeug, und als die Schritte über die Pflastersteine gingen, wandte sie sich der Tür zu; sie hörte die Männer reden, stehenbleiben vor der offenen Haustür, dann eintreten, bemerkte die Schatten durch die Küchentür, rührte sich nicht, auch nicht, als sie auf das Klopfen an die offene Küchentür ja sagte, in einem Ton, der die Männer zaudern ließ. Und sie genoß es, als gelte es, den Männern das Vorgehen als Unrecht deutlich zu machen, was sie noch stärker empfand, während die Männer in die Küche traten und sie ansahen, Betroffenheit in den Gesichtern, die ihr nichts sagten, ganz alltägliche Gesichter, fremd natürlich.

Der eine der Männer war älter, er hatte ein Schreiben in der Hand und sprach sie an, der andere, der den Karabiner über der Schulter trug, war jünger und hielt sich im Hintergrund. Ob sie hier richtig seien, auf dem Hof des Andreas Doblauer. Die alte Frau nickte. Der Mann hielt das Schreiben hoch und trat einen Schritt vor. Die alte Frau wich nicht zurück, sah auf das Schreiben in der Hand des Mannes und sagte leise: wozu, sie wisse es. Der Mann ließ die Hand mit dem Schreiben sinken, trat zur Seite und sagte, er werde sich einmal umsehen, und ging in die Stube. Der jüngere Mann blieb bei der alten Frau stehen. Der ältere kam zurück und sagte, wo Valerie Doblauer zu finden sei, ob vielleicht in einem anderen Raum. Die alte Frau gab keine Antwort. Der Mann schüttelte den Kopf und trat ins Vorhaus. Die alte Frau hörte den Mann über die Stiege nach oben gehen, nachdem er die Türen im Vorhaus zu den zwei Kammern geöffnet und wieder geschlossen hatte. Der jüngere neben ihr sagte nichts. Sie sah ihn nicht an. Die schweren Schritte des Mannes waren durch die Decke deutlich zu hören, auch das Öffnen und Schließen der Türen, dann das Öffnen der eisernen Tür in den Dachboden. Ein einziges Mal sagte der jüngere mit belegter Stimme, wobei er sich räusperte, ob sie nicht reden könne. Sie rührte sich nicht und sah ihn nicht an. Der ältere kam die Stiege herab. Elisabeth Doblauer wußte, daß sie ihr Verhalten den beiden Männern gegenüber nicht oder nur geringfügig ändern durfte, um die Überlegenheit, die sie fühlte, nicht aufzugeben, eine Überlegenheit, die sie noch nie in ihrem

Leben so befriedigend empfunden hatte, obwohl ihr deutlich war, daß ihr Verhalten letzten Endes vergeblich sei, denn die Männer würden Valerie finden. Der ältere trat in die Küche, der jüngere, der immer noch mit dem Karabiner über der Schulter dastand, sagte, indem er sich bemühte, selbstbewußt zu wirken, die Alte rede nicht. Der ältere Mann sah ihn an und zuckte mit den Schultern; er hatte das Schreiben noch in der Hand und sagte, er durchsuche jetzt die Wirtschaftsräume. Der jüngere wandte sich zur Tür, als habe er vor, ins Vorhaus zu gehen. Die alte Frau trat zum Herd und rückte den Kessel zur Seite. Der jüngere kam auf das Geräusch hin in die Küche zurück. Die alte Frau legte Holz in die Feuerung, wandte sich um, trat zur Seite, um in die Nähe des Fensters zu kommen; der ältere Mann ging draußen vorbei, sie beobachtete ihn scharf und sah in die Mulde hinab, von der sie vom Küchenfenster aus nur einen Teil überblickte, bemerkte aber keine Bewegung; das Fuhrwerk und die beiden mußten sich hinter der Bodenwelle befinden. Der jüngere redete auf sie ein, es habe keinen Sinn, so hartnäckig zu schweigen, sie würden die Person finden, es sei für sie Befehl, sie abzuholen, und er schwieg, als er merkte, daß die alte Frau sprechen wollte; er hörte nur die leise Frage wohin, die er nicht zu beantworten brauchte, er sagte aber, in der Hoffnung, daß sie weiterspreche, nach Hartheim, und stellte im gleichen Atemzug die verbindende Frage, was eigentlich mit dieser Frau los sei. Die alte Frau sah ihn groß an und sagte mit leiser Stimme, er könnte ihr Sohn sein, was wie die Entschuldigung seines Auftrages und Verhaltens klang, und als kehre sie seine Taktik um und wende sie bei ihm an. Er schien es nicht zu merken, schwieg, während die alte Frau fortfuhr, Valerie sei ihre Schwiegertochter, sie sei ein guter Mensch, und die letzten Worte wiederholte, als der ältere Mann eintrat und überrascht an der Küchentür stehenblieb, sie eine Weile ansah, zu ihr trat, am Arm faßte und ins Vorhaus und unter die Haustür mitzog. Sein Ton war plötzlich heftig, während er in die Mulde deutete, ob das die Gesuchte sei, und er hatte die Frage noch nicht ganz ausgesprochen, da nickte die alte Frau. Es wurde still, sie schauten alle drei in die Mulde hinab, dann hörte man die alte Frau rufen, den Namen Valerie, mit einer Stimme, die so schwach und kurz war, als leide die Ruferin an Atemnot, setzte ein paarmal an und ab, und als sie beim nochmaligen letzten Ansatz den ganzen Namen lauter zustande brachte, erscholl der Zwielaut am Ende wie ein leiser Schrei. Der jüngere Mann sah, daß ihm der ältere ein Zeichen gab, dann den Hang hinunterschritt, rasch, mit langen Schritten, denen der jüngere kaum folgen konnte. Die alte Frau hatte mit einer Hand den Türpfosten umfaßt und einen Fuß ins Vorhaus zurückgestellt, und da der Boden dort niedriger war als die Pflasterung vor der Haustür, auf der ihr anderer Fuß stand, sah es aus, als vollziehe sie unter der Haustür einen Kniefall, mit einer Hand sich am Türpfosten festklammernd. Ihre Lippen bewegten sich, bis ihre Augen sich weiteten unter dem Eindruck: Der ältere Mann hatte mit ihrem Sohn gesprochen und war auf Valerie zugegangen. Der Sohn sprang ihm nach und stellte sich vor Valerie. Der ältere Mann blieb stehen, wandte sich um und gab dem jüngeren ein Zeichen. Der riß den Karabiner von der Schulter und hielt ihn in Hüfthöhe gegen den Sohn gerichtet. Da trat Valerie hinter ihm zur Seite und begann langsam den Hang hochzugehen. Der alten Frau war es, sie höre ihren Sohn rufen; er hatte einen Arm erhoben und sah hinter Valerie her, während die beiden Männer ihr rasch folgten. Je näher Valerie kam, umso deutlicher sah die alte Frau ihr Gesicht; zuerst glaubte sie es nicht, doch bald war sie überzeugt: Valerie lächelte. Die alte Frau richtete sich unter der Haustür auf, indem sie sich mit der Hand am Türpfosten hochtastete und den Fuß von draußen in das Vorhaus zurückstellte. Sie starrte immer noch in das Gesicht von Valerie, aber es war das Gesicht einer Fremden. Die beiden Männer, die hinterher gingen, bemerkte sie nicht. Dann wandte sie sich um, ging langsam durch das Vorhaus und durch die andere Tür hinaus, blieb stehen und schaute auf den Hang, auf dem eine Reihe alter Birnbäume stand; das Gesicht Valeries, mit dem Lächeln darauf, war ihr durch das dunkle Vorhaus gefolgt und stand im verhangenen Licht des Mittags überall, wo sie hinsah.

VII

Von Montag bis Freitag dieser Woche, soweit ich Kontrolle hatte, stieg dichter, giftgelber Rauch aus dem Schornstein des Schlosses. Es herrscht Westwetter, zeitweise fällt nieselnder Regen, der in Eisrieseln übergeht, mit ständigen Windböen, die den Rauch, der nach dem Verlassen des Schornsteins sich pilzartig ausformte, nach Osten trieben, hin und wieder die Richtung änderten, nordwärts gegen den Hügelzug oder umgekehrt nach Süden ins offene Tal gegen den Strom, den er nach meiner Schätzung nicht erreichte; doch das Schätzen der Entfernungen, von der Höhe des Kirchturms, gerade in diese weite, offene Talsohle hinein, wobei das Überschaubare sich mehr und mehr verkürzt, faltenförmig zusammenschiebt, ist unmöglich, und bis die Rauchwolke die Augebiete dort erreicht, hat sie sich aufgelöst. Diese Woche also blieb das Dorf, dank des Westwindes, vom Rauch verschont; gegen Osten, in dieser Talsohle, ist die nächstgrößere Ansiedlung weit weg, es gibt nur vereinzelt Höfe oder Weiler, ein paar Einfamilienhäuser entlang einer Straße.

Am Montag steige ich, einer inneren Nötigung folgend, gleich nach der Frühmesse auf den Turm. Ich bin nicht überrascht über die Nötigung, aber über die sich mir aufdrängende Feststellung: es raucht schon lange so, vielleicht die ganze Nacht. Der äußere Anlaß, dies festzustellen, ist der unabweisbare Eindruck: das, was ich sehe, ist die oftmalige Wiederholung; mit einem Blick überschaue ich den Hergang der Wiederholung, den stets sich erneuernden Ansatz zum Pilz über dem Schornstein, den die Windböe nicht zuläßt, eine Fahne bildet, sie zerfetzt und abtreibt und immer mehr verdünnt, lang hinzieht und endlich auflöst über dem nicht mehr überschaubaren Terrain.

Am Dienstag stelle ich am Nachmittag das gleiche fest, das Wetter hat sich nicht verändert. Wieder der Eindruck, daß seit gestern kein Abbruch erfolgt ist, was mich weiter folgern läßt, es handle sich um einen Großeinsatz, und ich versuche, weiter zurück zu denken, um Anhaltspunkte zu finden. Wann war ich vor diesem Montag auf dem Turm? Am letzten Donnerstag, erinnere ich mich, und dazwischen konnte viel geschehen sein, was ich nicht festgehalten habe. Da der Wind auch in die andere Richtung weht, trägt er den Geruch nicht ins Dorf.

Nach der Überwältigung durch diesen äußeren Eindruck überfällt mich die Wirklichkeit als Halluzination: ein Turm aus Leichen –; ich falle in der Glockenstube auf die Knie und bin unfähig, etwas anderes zu denken oder nur zu beten. Langsam komme ich zu mir, spreche halblaut ein langes Gebet, und als ich mich erhebe, direkt vor der

Turmluke, bin ich zu einer neuen Beobachtung gezwungen: ein Konvoi von vier Lastkraftwagen verläßt das Schloß, fährt aber nicht Richtung Dorf, sondern nach Osten, dann die Zufahrtsstraße, die zur Reichsstraße führt, nach Norden, überquert die Reichsstraße, fährt ein Stück Richtung Osten und schwenkt wieder nach Norden in eine Nebenstraße ein, von der ich weiß, daß sie, unter vielen Kehren und an einschichtigen Höfen vorbei, an den Strom führt. Mein erster und wahrscheinlich richtiger Gedanke ist, man bringt die Verbrennungsreste, die Asche, an den Strom, um sie ins Wasser zu schütten. Ich kenne den Weg von der Reichsstraße bis zum Strom, bin ihn zwar mit einem Auto noch nicht gefahren, nur mit dem Fahrrad, und berechne, wie lange die Lastkraftwagen auf dieser kurvenreichen Straße hin und zurück brauchen werden, einschließlich der Entladung und Entleerung der Gefäße in den Strom.

Ich beobachte das Gelände, soweit ich es überblicke, und wende meine Aufmerksamkeit hin und wieder der Stelle an der Reichsstraße zu, an der die Lastkraftwagen zum Vorschein kommen müssen. Die Schwankungen der Windböen werden größer, so daß die Rauchschwaden, die sich zwar rasch auflösen, dem Dorf näherkommen. Ständig klappert es auf dem Turmdach draußen, es muß etwas lose sein, vielleicht ein Stück Leitungsdraht von der Blitzschutzanlage; sie wird, meine ich, im Ernstfall nicht mehr funktionieren. Jetzt, weil ich daran denke, achte ich auf das Geräusch, stelle mir das Dach draußen vor und schaue in die Dachkonstruktion, als ließe sich dort ein Anhaltspunkt finden. Ich finde ihn nicht und suche wieder in der Ferne die Reichsstraße. Dort ist wenig Verkehr, immer wieder Radfahrer, wie ein lockerer Zug Ameisen. Jeden Augenblick, stelle ich fest, müßten die Lastkraftwagen auftauchen, wenn meine Annahme richtig ist, daß sie an den Strom gefahren sind. Die Annahme bestätigt sich, ich habe die Lastkraftwagen zu spät bemerkt, sie fahren schon auf der Reichsstraße, biegen dann in die Zufahrtsstraße ein und nähern sich dem Schloß. Weiter ist nichts, stelle ich nach einer Stunde fest und steige hinunter. Die Lastkraftwagen sind hinter dem Schloß in den Hof gefahren.

Beim Hinuntersteigen bleibe ich, wie gewohnt, ab und zu stehen, horche in die Kirche hinab und nach draußen, überlege, wie ich in Zukunft mit dem ganzen fertig werde; die Audienz bei Seiner Exzellenz hat nichts geändert, weil ich mich nicht geändert habe. Ob und wie ich es durchhalte, frage ich mich seitdem und weiß, die Worte Seiner Exzellenz haben meine Standfestigkeit angefressen, Zweifel in mich gelegt, die ich, wenn ich wieder zu mir gefunden habe, als unbegründet erkenne. Erkenne auch, wie beeinflußbar ich bin, nicht anhaltend und tief, bin nur wehrlos auf freiem Feld, wo ich nicht die geeignete Abwehr besitze. Werde ich innerhalb meiner Möglichkeiten herausgefordert, handle ich spontan, was ich dann immer als richtig empfinde.

Der Beichtstuhl ist nun endgültig zu einem Ort der sicheren Nachrichtenübermittlung geworden. Diese Zeit ist eine Ausnahmezeit, und somit herrscht Ausnahmezustand für uns alle. Die Frau, mit der ich hin und wieder rede, wenn wir uns begegnen, die vieles erfährt, kommt in den Beichtstuhl, um mir mitzuteilen, daß Frau Wohlschläger, Frau Pastor, sagt sie, schreckliche Stunden durchlebt habe, weil ihr Mann, der mit einem Anliegen in der Sprechstunde des Gauleiters gewesen sei, innerhalb von vierundzwanzig Stunden nicht heimgekommen wäre. Über wesentliche Punkte, mit welchem Anliegen und über sein langes Ausbleiben könne sie nichts sagen, nur Vermutungen anstellen, so, daß er sich über Einmischungen der Behörden in innerkirchliche Angelegenheiten beschweren wollte, was bei seiner Zurückhaltung erstaunlich wäre, sowie unverständlich, daß eine unverzeihliche oder grobe Haltung dem vorsichtigen Mann Komplikationen eingebracht hätte. Sie glaube, sie müsse mir das sagen, da ich doch mit dem Herrn Pastor, sagt sie, befreundet sei.

Ich staune, wie rasch und sicher Informationen, die nur für einige bestimmt sind, sich von Mund zu Mund fortsetzen, bin aber vorsichtig, weil oft Fehlendes ersetzt und als Vernommenes weitergegeben wird. Doch der Frau vertraue ich. Meine sogenannte Freundschaft, eine Gutnachbarschaft mit Pastor Wohlschläger, gründet in früherer Zeit, vor allem ist es Achtung, die wir füreinander empfinden. Die Leute merken das gleich und deuten es für sich aus, und in unserem Fall: jede Geste hat eine Bedeutung, Höflichkeitsformen werden, von Herzlichkeit untermauert, als Freundschaftsbeweise hingestellt. Für Pastor Wohlschläger empfinde ich große Anteilnahme, was ich der Frau im Beichtstuhl auch sage. Ich frage nicht, meine Betroffenheit beweist ihr deutlich, daß sie richtig handelte. Mein Entschluß reift augenblicks, Wohlschläger aufzusuchen, um die volle Wahrheit zu erfahren.

Auch meine Haushälterin weiß davon, was mich nicht wundert; sie ist mit mehr Leuten gut bekannt als ich. Ich habe nichts dagegen, sie sucht den Kontakt im Dorf und mit Leuten, die uns gut gesinnt sind, kommt nur bei Einkäufen mit ihnen zusammen, und ihre Stellung hält die Bekannten in Grenzen; ich selbst bin bei ihr auf Abstand bedacht, auch damit sie die Selbstachtung nicht verliert. Hin und wieder möchte ich ihr durch Vertraulichkeiten beweisen, daß ich sie achte. Deshalb erwähne ich die Sache mit Wohlschläger, und sie gibt meine Bemerkungen zurück, setzt hinzu, sie habe vorgehabt, mir davon zu berichten, worauf ich erwidere, ich werde mich selbst überzeugen und die beiden aufsuchen, aber so, wendet sie ein, daß ich nicht gesehen werde. Daran dachte ich nicht, und sie hat recht; wenn Bedenkenlosigkeit mich nicht stört, so habe ich auf die Pastorsleute Rücksicht zu nehmen. Ich sage, ich werde bei Dunkelheit gehen.

Ich schlafe noch einmal darüber, schiebe den Vorsatz hinaus, nehme mir fest ein Datum vor, stelle klar, wann ich aufbrechen muß. Es ist Anfang Dezember und kaum ein Jahr her, daß ich bei Wohlschläger war. Aus dem Gespräch und den Positionen zu schließen, vertauschten wir nun die Rollen; er, der Mäßige, Vorsichtige, ist in eine Lage gekommen, die mich, den Unvorsichtigen, Emotionellen, hätte treffen müssen. Aber niemand, denke ich, der aufrecht eine christliche Überzeugung vertritt, wird heute ganz verschont bleiben. Wohlschläger muß mit einer Stelle konfrontiert worden sein, die die Macht besitzt, mit einem zu machen, was sie will. Davor hatte er mich gewarnt, auch durch seine Einstellung ermahnt, wie sinnlos es sei, mit dieser Stelle zusammenzustoßen. Hat mein Beispiel, wenn ich überheblich bin, Schule gemacht? Nein, ich darf mich nicht ins Spiel bringen, solche Ereignisse sind unbestimmbar und fordern eine spontane Reaktion heraus. Täglich denke ich daran, suche Ausflüchte, schaue auf den Kalender, mache einen Punkt mit dem Bleistift: Freitag in dieser Woche, es ist kalt und trocken. Die Haushälterin sieht mich immer von der Seite an, ich sage, Freitag abends werde ich gehen.

Sie bringt mir am Freitag das Abendessen um eine Stunde früher ins Zimmer, dann beobachte ich durchs Fenster den Einfall der Dämmerung, will das Fortschreiten sehen, merke es nicht, erst nachdem ich eine Weile im Zimmer auf und ab gegangen bin, stelle ich den Fortschritt fest. Es ist sechzehn Uhr dreißig, als ich mich anziehe. Im Vorhaus stehen meine Schnürschuhe, ich setze auch einen Hut auf.

Ich schlage den Weg zur Umgehung des Dorfes ein. Es gelingt; niemand ist zu sehen, und hernach habe ich gleich freies Land um mich, spüre die Weite im Dunkel, sehen kann ich nur die nächste Umgebung und schwarze Punkte in der Ferne. Diese lösen sich bald ganz auf, und totale Finsternis umgibt mich. Ein paar Sterne. Schaue ich starr in die Finsternis, habe ich das Gefühl, gegen sie anzugehen und nicht weiterzukommen, Beine und Füße stoßen in eine weiche Masse, die mich wie Watte behindert. Ich überlege die nächsten Merkmale: die ersten Häuser von Pilsing, eine deutliche Kehre der Straße vorher, und als ich in diese Kehre einbiege, erwarte ich an ihrem Ende das erste Haus. Das Ganze wird mir zum Spiel, oder, im Zustand des Alleinseins, zu einer wichtigen Begleiterscheinung: etwas zu denken und das Gedachte dann eintreffen zu sehen. Es vermittelt auch Sicherheit, ist die einzige Auseinandersetzung mit dem Gegenüber, die man braucht. Ich gehe durch den Weiler, als ginge ich mit dem Rücken zur Wand, so deutlich spüre ich die Mauern hinter mir. In den verdunkelten Fenstern sehe ich die Lichter in den Spalten. Ein streunender Köter geht mich lautlos an, sicher gehört er nicht hierher, sonst würde er mich verbellen, ich spreche zu ihm, er wedelt und verschwindet lautlos, wie er gekommen ist. Stelle fest, wo ich mich befinde und denke ein Stück voraus; das letzte Haus ist eine Krämerei, es taucht auf und ist weg, der Hohlweg beginnt, die Finsternis verdichtet sich, die entlaubten Äste der hohen Bäume zu beiden Seiten schlagen über mir zusammen. Im tiefsten und dunkelsten Einschnitt begegnet mir ein Radfahrer, er kommt den Hang herab, das Geräusch läßt mich stehenbleiben, wir erschrecken beide, das merke ich, doch dann ist er vorüber, sein Schatten an meinem. Er fährt ohne Licht.

Die alleinstehende Scheune, die große Steigung, der Laubwald, kahle Stämme über dem Boden, ich atme heftig, gehe langsamer, dann das kleine Haus, der Hof rechts auf der Anhöhe, der Einbruch des

Bodens, ein riesiges dunkles Loch, aus dem die Gerüste der Baumwipfel ragen. Dann die Wegkreuzung. Ich muß nach rechts, wieder ein Hohlweg, die Bäume zu beiden Seiten, ich erreiche die freie Fläche. Unter dem Eindruck versuche ich die Zeit auf meiner Uhr zu entziffern, halte sie gegen den offenen Himmel, bilde mir ein, schwaches Licht spiegle sich im Glas, und glaube, einen Augenblick lang die Zeiger zu sehen; siebzehn Uhr vierzig, sage ich laut, kann mich aber getäuscht haben.

Die Straße steigt, Häuser säumen sie, ich bin gefaßt, jemand zu begegnen, höre auch eine Tür, Schritte, aus dem Dunkel löst sich die Gestalt, wir gehen aufeinander zu, ein alter Mann, ich vernehme sehr deutlich den Gruß aus dem zahnlosen Mund, den ich erwidere, ohne den Hut abzunehmen, achte nicht darauf, daß der Mann während des Grußes sich umdreht. Oben, vor dem Fichtenwald, bleibe ich stehen. Wie konnte ich meinen, der alte Mann folge mir; hier weiß jedermann um das Ziel, rechnet auch nicht mit einer Ablenkung. Ich gehe durch den Wald, erreiche die höchste Stelle der Straße und folge ihr abwärts.

Die Finsternis ist hier auch nicht größer als draußen; jeder der vielen glatten Stämme spiegelt einen Schimmer, einen Schein, und dazwischen liegen matthelle Streifen auf dem Boden. Nun bin ich dem Ziel nahe, aus dem Wald tretend. Der Kirchturm in der Talmulde, zuerst die Spitze vor dem Hintergrund des Himmels, der auf den obersten Quadern des Turmes sitzt, worauf darunter das Kirchendach hervortritt, dann die helleren Mauern, auf die ich zugehe, doch lange nicht erreiche; die Dunkelheit ist ein mehrschichtiger Vorhang, dessen Schichten ich, eine nach der anderen, durchbreche. Ich öffne die Gartentür, gehe die Kirchenmauer entlang bis zur Haustür des Pfarrhofes. Jenseits, wo das Gasthaus steht, Geräusche, Stimmen, alles weit weg.

Ich höre die Glocke im Innern, halblaute Stimmen, die einander, wie mir scheint, fordern und mahnen, und ich habe das Gefühl, so spät eine unangenehme Situation auszulösen. Am liebsten würde ich davongehen. Nach einer kurzen Stille zwingen mich sich nähernde Schritte zu warten. Die Frage hinter der Tür, wer draußen sei, eine Frauenstimme. Sie klingt verhalten, skeptisch, nicht unentschlossen. Ich nenne meinen Namen, froh, die Stille und Ungewißheit zu lösen. Und es geschieht auch, ich merke es am Drehen des Schlüssels und am Öffnen der Tür. Es ist Frau Wohlschläger. Bitte, sagt sie, sperrt hinter mir ab und, während sie vorangeht, das nenne sie einen angenehmen Besuch. Sie setzt die Kenntnis des Vorgefallenen voraus. Sie erwarteten andere Besucher hinter der verschlossenen Tür, sagt sie. Ja, sage ich, deswegen sei ich gekommen.

Wir verstehen uns, steigen in den ersten Stock hinauf, die Tür zu dem Zimmer steht offen, in dem ich bei meinem letzten Besuch war, eine hohe Gestalt dahinter wirft einen Schatten ins dunkle Vorhaus. Pastor Wohlschläger begrüßt mich. Ich sehe ihn erwartungsvoll an. Nein, ich solle mir keine Gedanken machen, drückt sein Gesicht aus, dabei nickt er.

Ich frage nicht, es erübrigt sich, und es ist, nachdem wir uns, auf die Einladung der Frau, an den Tisch gesetzt haben, als führten wir unser letztes Gespräch fort, mit dem Unterschied, daß ich kaum etwas zu sagen habe. Er setzt voraus, daß ich nichts Genaues weiß, was auch stimmt. Ich nicke. Man habe Valerie Doblauer, die junge Frau, die er bei unserem letzten Gespräch erwähnte, abgeholt, wie befürchtet, nach Hartheim. Ich sage nichts, und er erwartet es nicht. Ein paar Tage später habe er an den Gauleiter geschrieben und, auf die Abholung verweisend, ohne die letzte Bedeutung zu berühren, vielmehr annehmend, daß sie jedem bekannt sei, eine Darstellung der Person und des Lebens der jungen Frau gegeben, mit der anschließenden Bitte, den Fall vor dem endgültigen Abschluß, Abschluß habe er geschrieben, sagt Wohlschläger, noch einmal zu prüfen.

Auf den Brief sei keine Antwort gekommen. Da man wisse, sagt er, wie vordringlich man dabei handeln müsse, wenn man sich entschlossen habe, etwas zu tun, sei er in die Gauhauptstadt gefahren und habe sich zur Sprechstunde beim Gauleiter angemeldet. Doch er sei nicht vorgelassen worden, das heißt, er habe einen ganzen Tag im Warteraum verbracht, ein paarmal Beamte auf sein Anliegen aufmerksam gemacht und die Antwort erhalten, bezeichnenderweise von jedem die gleiche, er müsse Geduld haben, es gehe der Reihe nach. Als alle Vorsprechenden durch gewesen seien, wäre er noch dagesessen, bis zum Abend, in dessen Verlauf ein Uniformierter in den Raum gekommen sei, ihn nach seinem Namen gefragt und gesagt habe, er könne gehen, die Angelegenheit sei erledigt. Er sei zwar aufgestanden, doch geblieben, habe den Uniformierten absichtlich verständnislos angeblickt, worauf der sich unter der offenen Tür umgedreht und mit einer überhöflichen Stimme erklärt habe, wenn Herr Pastor noch warten wolle, weil er meine, es sei anders, dann könne er es tun.

Hin und wieder habe er Schritte im Gang gehört, sei hinausgegangen, um den Vorübergehenden zu fragen, ob er einen Beamten in der Angelegenheit, in der er hier sei, sprechen könne, und regelmäßig die Antwort erhalten, die Angelegenheit falle nicht ins Ressort des Angesprochenen. Sein Eindruck habe sich verstärkt, sagt Wohlschläger, er befinde sich außerhalb jeder menschlich faßbaren Ordnung, jeder wüßte, wer er sei, was er wolle, deshalb entledige man sich seiner auf diese Weise und mit unmenschlicher Geduld. Aus einzelnen Räumen sei das Klappern von Schreibmaschinen die ganze Nacht zu hören gewesen, er habe es auch gewagt, in einen dieser nächstliegenden Räume einzutreten, und sei von der Dame an der Schreibmaschine höflich hinausgewiesen worden. Als die Bedienerin am Morgen mit Eimer und Besen hereingekommen sei, wäre er aufgestanden und gegangen. In den Gängen hätten ihm die Begegnenden keine Beachtung geschenkt.

Wohlschläger macht mit beiden Händen eine hilflose Geste, die Ellbogen auf den Tisch gestützt, legt die Hände ineinander, das Kinn darauf und blickt mich stumm an. Ich erwidere nichts. Eine Tür wird geöffnet, und wir achten beide nicht auf seine Frau, die auf einem Tablett Tassen und Teekanne bringt, unser Schweigen respektiert, wortlos jedem die Tasse hinstellt und den heißen Tee aus der Kanne einschenkt. Wohlschläger schaut auf ihre Hände, ich nicke, als sie meine Tasse vollschenkt. Sie setzt sich hin und schweigt. Ich könnte, ohne direkten Bezug, Wohlschlägers Ausführungen unterstreichen, wenn ich sagte, daß aus dem Schornstein des Schlosses eine Woche lang der Rauch gestiegen sei, doch ich sage es nicht. Die Frau bricht das Schweigen: nun warteten sie, was geschehe. Ich antworte, man befinde sich ständig im Zustand der Erwartung eines Eingriffes. Niemand antwortet mir. Die Frau schaut ihren Mann an. Der deutet es, ohne ihren Blick zu erwidern, als Aufforderung; er habe vor unserem letzten Zusammentreffen diesen Zustand nicht voll erkannt oder ihn verdrängt, nun habe er ihn angenommen. Ich bin betroffen, er verbindet den Zustand mit meinem Einwirken, was nicht in meiner Absicht lag. Er fühle sich freier, fügt er hinzu. Ich achte ihn wegen seines Hanges zur Sachlichkeit und spüre das Bedürfnis, ihn darauf aufmerksam zu machen, finde aber die Worte nicht. Wir stellen noch, ein jeder für sich, die Standpunkte der Konfessionen dar und der Zeit gegenüber, und bemühen uns, auch wenn wir viele Annäherungspunkte in unseren Bekenntnissen sehen, klar zu erkennen, daß trotz Zeiten der Not, wie dieser, die Annäherung unter den meisten unserer Amtsbrüder kein Bedürfnis sei; es trenne uns das hergebrachte Vorurteil und jetzt die Abkapselung; noch immer sehe einer im anderen den Feind, obwohl dieser nun anderswo stehe. Die Frau kommt darauf zu sprechen, daß der ältere Sohn an der Front sei und der jüngere noch zur Schule gehe.

Während ich aufstehe, frage ich nach der jungen Frau, die man abgeholt habe. Wohlschläger sagt, sie sei in die Mühle geraten, erklärt mir die schwierigen Familienverhältnisse, aus denen sie komme und in die sie hineingeheiratet habe, der Mann ein Spieler und Trinker und an Tuberkulose erkrankt, nach anfänglichen Schwierigkeiten sei sie zu einem guten Einverständnis mit der Schwiegermutter gelangt, physisch nicht gerade stark, hätten die negativen Einwirkungen, stelle er sich vor, sie geschwächt, auch sei sie, wenn seine Beobachtungen richtig wären, in die Krankheit geflohen, vielleicht um es leichter zu haben; doch er sei kein Psychiater, sagt Wohlschläger, die junge Frau sei nicht aufgefallen, habe im Verschwiegenen gelebt, im Kreis der Familie, und lasse einen kleinen Sohn zurück. Er überlege nur, wie sie aus dieser Unscheinbarkeit heraus in die Maschinerie geraten sei, zufällige, aber fatale Zusammenhänge müßten da mitgewirkt haben. Ich spüre, wie Wohlschläger mich mit seiner Intensität ansteckt, die er dazu aufbringt. Gelänge es mir, ein paar Verbindungen herzustellen, sage ich, könnte ich vielleicht etwas zu den Überlegungen beitragen. Er nickt. Aber es ist nicht überzeugend. Die Frau begleitet mich hinunter und zur Haustür, erzählt mir von den Söhnen und lächelt mit zusammengepreßten Lippen. Ich höre den Schlüssel in der Tür, es ist kalt, ich knöpfe den Mantel bis oben zu.

Mitte Dezember. Ich erhalte ein Schreiben der Diözesankanzlei, in dem mir mitgeteilt wird, daß ich mit Beginn des nächsten Jahres in eine andere Gemeinde versetzt bin.